斯文的回响

江苏省作家协会　主编

吉林文史出版社
JILIN WENSHI CHUBANSHE

图书在版编目（CIP）数据

斯文的回响 / 江苏省作家协会主编 . -- 长春 ： 吉
林文史出版社，2019.7 （2023.1重印）
ISBN 978-7-5472-6525-3

Ⅰ．①斯… Ⅱ．①江… Ⅲ．①文学评论－中国－文集
Ⅳ．①I206-53

中国版本图书馆 CIP 数据核字（2019）第 171149 号

斯文的回响

SIWEN DE HUIXIANG

主　　编：江苏省作家协会
责任编辑：钟　杉　王　新
封面设计：四川悟阅文化传播有限公司
出版发行：吉林文史出版社有限责任公司
地　　址：长春市净月区福祉大路 5788 号　　邮编：130118
电　　话：0431-81629363（总编室）　　0431-81629372（发行科）
网　　址：www.jlws.com.cn
印　　刷：三河市嵩川印刷有限公司
经　　销：全国新华书店
开　　本：210mm×145mm　1/32
印　　张：7
字　　数：145 千字
版　　次：2020 年 1 月第 1 版　2023 年 1 月第 2 次印刷
定　　价：42.80 元
书　　号：ISBN 978-7-5472-6525-3

印装错误可与印刷厂联系退换。

目录 CONTENTS

第六届

第七届

第四届到第七届文学评论奖获奖名单

第四届

存在"美好的暴力"吗？[①]

——贾平凹小说三十年片论

何 平

一

　　三十年正好是从贾平凹写《商州》的 1984 年开始。对贾平凹这三十年的写作，我关心的是行进中的中国乡村发生了发生着什么，关心这发生了发生着的一切和贾平凹小说之间的关系，虽然他的写作不局限于此。因此，除了《商州》和《老

① 本文系二〇一三年度国家社科基金一般项目"乡村重建与新世纪乡村文学新变"（项目编号：13BZW130）、二〇一〇年教育部人文社会科学基金项目"新世纪农村题材文学创作与社会主义新农村建设"（项目编号：10YJA751023）阶段成果。

生》，三十年中间我重点选择了《浮躁》和《秦腔》，本来《古炉》和《带灯》也是讨论这个话题合适的文本，但《带灯》我去年已经做了专门的作品论，因此，我只在话题展开的过程中稍微涉及，而《古炉》对"文革"如何在中国乡村起源的书写，在中国当代文学有着其不可替代的个案意义，需要放在整个"写文革"的文学谱系里写一篇长文来探讨。如此，贾平凹的"作家论"，就做成了现在这样针对个别问题的，起于《商州》，终于《老生》，局限在几部小说的"三十年五六部"的片论。

回过头来看，贾平凹三十年对中国乡村的感受是流动不居的："一九七九年到一九八九年的十年里，故乡的消息总是让振奋，……一切都充满了生气，一切又都混乱着，人搅着事，事搅着人，只能扑扑腾腾往前拥着走"。① 如其小说的题目"浮躁"，如其小说中的州河——"我的这条州河便是一条我认为全中国的最浮躁不安的河。"② 浮躁，却是有着光明必至未来的期许；有困惑，却是一个简单乐观的理想主义者。但短暂的好时光，才二十几年就成为了过去时的"黄金时代"，"就在要进入新的世纪的那一年，我的父亲去世了。父亲的去世使贾氏家族在棣花街的显赫威势开始衰败，而棣花街似乎也度过了它暂短的欣欣向荣岁月。"③《秦腔》写中国乡村是溃败和颓

---

① 贾平凹：《秦腔》后记，译林出版社 2012 年，第 476、477、478、481 页。

② 贾平凹：《浮躁》序言之一，译林出版社 2012 年，第 2 页。

③ 贾平凹：《秦腔》后记，译林出版社 2012 年，第 476、477、478、481 页。

丧——国未破山河不在，人犹续心魂仓惶，家族飘摇，古歌难续，贾平凹对这由盛年到衰年的流年光阴有着尖锐和深刻的痛感。在小说中，他对时间刻度的铭记可以具体到一树一鸟的生死存亡时刻，"白果树上的鸟遭到灭绝，正是312国道改造的时候。"——怎么也藏掖不住了无尽的怅然惘然。但即使疼痛，或者也是因为这流逝中的爱与痛惜，贾平凹固执地记忆并书写颓败的中国乡村，他写《秦腔》，"现在我为故乡写这本书，却是为了忘却的记忆。"[①]"我以清风街的故事为碑了，行将过去的棣花街，故乡啊，从此失去记忆。"[②]而《老生》记忆的流年往事则更远一点，比《浮躁》的盛年更早，早到中国现代革命的起源。

写记忆和挽歌，贾平凹是自觉选择做时代的观察者，或者说"书记员"，而且几乎部部都是，最新的《老生》也是，贾平凹诚实地说："《老生》就得老老实实地去呈现过去的国情、世情、民情。"所以，贾平凹怅然惘然的挽歌不只虚虚的幻影和空洞的抒情，而是有着切实"事"和"情"的坚硬骨头——这些"事"和"情"是曾经的存在和今天的活体——"如果从某个角度上讲，文学就是记忆的，那么生活就是关系的。要在现实生活中活得自如，必须处理好关系，而记忆是有着分辨，有着你我的对立。当文学在叙述记忆时，表达的是生

---

① 贾平凹：《秦腔》后记，译林出版社2012年，第476、477、478、481页。

② 贾平凹：《秦腔》后记，译林出版社2012年，第476、477、478、481页。

活，表达生活当然就要写关系。《老生》中，人和社会的关系，人和物的关系，人和人的关系，是那样的紧张而错综复杂，它是有着清白和温暖，有着混乱和凄苦，更有残酷，血腥，丑恶，荒唐。这一切似乎远了或渐渐远去，人的秉性是过上了好光景就容易忘却以前的穷日子，发了财便不再提当年的偷鸡摸狗，但百多十年来，我们就是这样过来的，我们就是如此的出身和履历，我们已经在苦味的土壤上长成了苦菜。"因而，这些"事"和"情"在贾平凹的小说是经过了个人精神过滤和萃取之后的，它不但是我们这个国族的记忆，也成为写作者自身精神建构的一部分——"能记忆的东西都是刻骨铭心的，不敢轻易去触动的，而一旦写出来，是一番释然，同时又是一番痛楚。……我的《老生》在烟雾里说着曾经的革命而从此告别革命。土地上泼上了粪，风一过粪的臭气就没了，粪却变成了营养，为庄稼提供了成长的功能。世上的母亲没一个在咒骂生育的艰苦和疼痛，全部在为生育了孩子而幸福着。"也正因为如此，写作对贾平凹而言，是一种自我教育，自我成长和蜕变的方式：关心世界的问题，也关切自身的问题。读贾平凹的小说是能看到他的小说是怎么过来的，他这个人又是怎么过来的——却顾所来径——"我是老了"，"而往事如行车的路边树，树是闪过去了，但树还在，它需在烟的弥漫中才依稀空间呀。"[①] 不知道为什么，越是读贾平凹靠近现在的小说越是《秦腔》中引生的心绪和感受：

① 贾平凹：《老生》后记，《当代》2014 年第 5 期。

音乐一起，满院子都是刮来的风和漫来的水，我真不知道那阵我是怎么啦，喉咙痒得就想唱，也不知道怎么就唱：眼看着你起高楼，眼看着你酬宾宴，眼看着楼塌了。

二

即使有评论者指认贾平凹已经写出最伟大的中国小说，我还是私心地以为他是一个天真的、顽童式的艺术实践家——伟大的小说也许正在路上。贾平凹对他所生活的时代时刻充满着好奇。而且你看呢，这些年，贾平凹时有新作，从内容到形式每每总是令人讶异，似乎只有年轻的作家才该有这种开疆拓土探索的锐气。可是在当下中国文学中，年轻作家们却更可能是文学教条的抱守者，却让贾平凹这样的"渐老生态"的作家领了勤勉和先锋的风气。

贾平凹有着广泛的读者群，但他不会因此迁就着读者，不只是不迁就，他甚至不时冒犯读者，或者说在寻找理想读者。不妨看《老生》吧。如果《老生》只是讲四个故事，这不会对一般的文学读者构成任何阅读障碍，现在加入《山海经》和读《山海经》问与答呢？我担心的是有多少读者不是跳过那些没有句逗的文言文？而跳过文言文，又有多少读者能够耐心看完那些一问一答，进而能够去思考《山海经》和读《山海经》问与答与四个不同时代（革命、土改、人民公社和改革时代）四个故事之间关系的又有几许？所以，贾平凹可能是中国当代作家中少有的有着广泛公众认知度却又常常没有被细读深读的作家。以《老生》为例，经过现代小说启蒙的读者都能够识别出这种小说的技术是"文中有文"的"互文性"。"互文性"，"诸如：拼凑、掉书袋、旁征博引、人言已有，或者就是对话"，"借鉴已有的文本可能是偶然或默许的，是来自一段模糊的记忆，是表达一种敬意，或者屈从一种模式，推翻一个经典或心甘情愿地受其启发"，"不管作者以什么样的态度（伤感、玩味、轻率）来对待已经说过的话，对这些话的引用、重写、改写和歪曲只能进一步阐明文本所产生的共同连续的作用，阐明文本的记忆及其运动"。① 因此，真正的"互文性""文"和"文中之文"不是一种简单的并置，而是对话，甚至是对抗中彼此侵入扩张的意义拓殖。可以肯定的是，"互文性"可以扩大长篇小说的容量。《秦腔》不仅插入秦腔的唱词，还有曲谱。我认为理解《秦腔》的"互文性"是必须有"唱"秦腔的基础，至少要研究《秦腔》的"互文性"是需要把小说嵌入的秦腔唱段一段一段的听下来。遗憾的是，我们的《秦腔》研究可能到现在都没有这样去做。我往往将"文中之文"作为一种装饰性的结构在对待。记得有一年的冬天在沈阳的一次不多人的聚会上听贾平凹自己清唱了一段《秦腔》，也是在那一刻，我意识到地方戏曲的"秦腔"之于小说的《秦腔》相互生发的关系，小说《秦腔》嵌入的秦腔的唱词和曲谱不只是一种结构上的装饰，也不是仅仅为了小说多一条文化式

---

① 蒂费纳－萨莫瓦约，邵炜译，《互文性研究》，天津人民出版社2003年，第1、136页。

微的线索。《秦腔》之后，贾平凹每一部小说都有"文中之文"的嵌入实践，《古炉》的"王凤仪言行录"，《带灯》的手机短信，而现在的《老生》的"山海经"则将这种实践推进到一个极致。与"互文性"试验恰成对比的是，贾平凹越来越忽略小说情节线性的"戏剧性"和人事的"典型化"。在《商州》《浮躁》阶段，贾平凹还是讲究小说情节戏剧性和人与事的典型化的，而到《秦腔》则极不讲究了，他自己把这种讲故事的方式叫做"密实的流年式的叙写"。有一段时间，我们的文学讨论"庶民能不能开口说话"，认为只要祛除宏大历史的蔽障写小历史就可能实现"庶民开口讲话"的文学理想。《秦腔》就是一个典型的"庶民能够开口讲话"的文本，但它不仅仅是通过佯装写小人物成长的"小历史"来实现的，而是不再按照典型化原则去区分人与事的等级，从而实现一人一票普选意义上的小说人物的众生喧哗。可以顺便指出的，其实《秦腔》是一个写乡村的《繁花》，他们有着一样的叙写方式，只是因为《繁花》写的是城市生活而更引人注目，而《秦腔》则更早技法更娴熟。但应该看到，类似《秦腔》的这种极端试验在《老生》中有所收敛。《老生》的四个故事，贾平凹部分地恢复了小说的戏剧性和典型化原则。

再说《老生》中嵌入的"山海经"。《山海经》写的是先民经行的山水以及对世界的想象，而《商州》则是贾平凹一己经行的山水和对世界的想象，甚至我有理由相信贾平凹在写《商州》的时候，从内心对《山海经》的致敬——当我们读《商州》这样的句子："丹江流经商州市后，就开始了它的冰糖葫芦式的旅程；三十里，是沙河子开阔地；再三十里是张村开阔地；又，二十里夜庙，十五里棣花，三十里金盆。"（《商州》）我们应该意识到：《商州》就是贾平凹"一个人的山海经"，而"《山海经》顾名思义，它是以山为经，以海为纬来记述上古社会的。书中的'山海'观念囊括了名山棋布的海内华夏和四海之外的广大世界，含有天下和全世界的意义。"[①]进而我们意识到，当贾平凹说——《山海经》是一本奇书，它涵盖了中国上古时期的地理、天文、历史、神话、气象、动物、植物矿物、医药、宗教的诸多内容——的时候，贾平凹这三十年的乡村书写其实是商州即"山海"即"天下"的"一个人的山海经"。

《四库全书总目》将《山海经》归入"子部小说家类"，"书中序述山水，多参以神怪，……究其本旨，实非黄老之言，然道里山川，率难考据。案以耳目所及，百不一真。诸家并以为地理书之冠，亦为未允。核实定名，实则小说之最古者尔。"[②]这里说的"小说"是《汉书艺文志》意义上的"小说家流，盖出于稗官。街谈巷议，道听途说者之所造也"的"小说"。虽然，《山海经》归入的"小说"不完全是我们今天意义上文学的"小说"，但这种"小说"观至少可以帮助小说家冲破压抑他们的宏大历史壁垒，为通向文学意义上的"小说"清场。因而，即使文学最终的志业不是写出稗史意义上的"小

---

① 方韬译注：《山海经》前言，中华书局2014年。
② 永瑢等：《四库全书总目》（卷一百四十一），中华书局1965年，第1205页。

说",但《山海经》非官方正史的价值立场是有价值。思考中国乡村向哪里去这个问题,在《商州》和《浮躁》阶段贾平凹并没有获得"非官方正史"的价值立场。小说人物的这种观点,应该和贾平凹彼时的价值立场基本上是一致的:"他十分清楚地明白,世界的发展趋势应该是城市化,商业金融化,而中国正处于振兴年代,改造和摒弃了保护落后的经济而求之以均衡的政策,着眼于扶助先进的经济、发展商业及金融,政策是英明。"(《商州》)可以证之的是,读《浮躁》,小说正义的胜利以及对改革后中国未来的乐观想象显然是基于这种价值立场。一直到《秦腔》写作阶段,贾平凹对当代中国改革的八十年代依然作出"好时代"的研判,《秦腔》的衰世也只是九十年代的"变坏"之后的衰世。现在应该反思的是改革是不是一开始就不是一个"好时代",或者一个好与坏杂糅的"不好不坏"的时代?八十年代这个我们假想的盛年是不是从一开始就隐含着九十年代的衰世?我们自己体验过的"历史"竟然是不完全可靠的。那些记载在史书上的历史往往更是被有意篡改的伪史,就像贾平凹读出《山海经》的作伪。

问:德义礼仁信是封建社会的规范呀,怎么那时候凤凰"五采而文"?

答:……二是后人在转抄《山海经》时增加进去的,这种事情中国人善于干,比如刘邦称帝时不是流传他睡熟之后就是一条龙吗?陈胜揭竿而起时不也是在鱼腹里装上他要成王的字条吗?

而一旦拨开历史的迷雾，《老生》"四个故事"的现代中国史原来也是一部作伪的历史，也是因为靠得近，我们甚至可以看到伪史赝史的制造过程。

那一年的秦岭地委，那时还叫作地委，如今改名市委了，要编写秦岭革命斗争史，组织了秦岭游击队的后人撰写回忆录。但李得胜的侄子，老黑的堂弟，以及三海和雷布的亲戚族人都只写他们各自前辈的英雄事迹而不提和少提别人，或许张冠李戴，将别人的事变成了他们前辈干的事，甚至篇幅极少地提及了匡三司令。匡三司令阅读了初稿非常生气，将编写组的负责人叫来大发雷霆，竟然当场摔了桌子上的烟灰缸，要求徐副县长带人重新写。但是徐副县长就在这年秋天脑溢血，半个身子都瘫痪了，匡三司令便说：那个唱师现在干什么？他是了解历史的，把他找出来让他组织编写啊！这我脱离了县文工团，一时身价倍增，成了编写组的组长。

但并不是看得见真就能够说出来的。

问：活着却没口？
答：指不让说，说不出，或不可说。

比如对现代革命的起源，和《山海经》一样的，《老生》写是不能多说匡三少年时期的那些事了。为什么不能说呢？实际上，一到解放后就没人再说，现在能知道的人都死了，那就全当那些事从来没有过。而匡三的光荣和骄傲便从跟着老黑钻山开始的。阳光和荫翳，说出的只是阳光的"光荣和骄傲"。而荫翳呢？匡三，一个乡村的流氓无产者。匡三偷吃人家红薯干。老黑说：吃饱了没？匡三说：吃不饱。老黑说：要吃饱，跟我走！老黑提了枪往驿外走，匡三爬起来真的就跟着也往驿街外走。这样，其实就看清楚《老生》"文中之文"的《山海经》原典和阐释性的问答与四个故事之间的关系。当代小说家某种意义上接近《老生》中的唱师，当他们去写现代中国某种意义上是一种压抑的反抗——说"不可说"的中国。我认为，贾平凹这三十年的小说书写，到《老生》，或者比《老生》更早的《古炉》，贾平凹是在比《山海经》还"小"的"小说"个人立场上说"不可说"之中国。从这种角度看，《老生》第四个改革时代的故事，其实是对《浮躁》一次颠覆性的改写和重写。

三

日本学者伊藤清司认为："以外部世界为描述对象的《山海经》，大体说是由两部分构成的。前半部分略称之为山经，后半部分为海经。其中，山经以人们生活的'内部世界'的外围，即环绕人们居邑的山岳丘陵、丛林川泽等为描述对象，空间十分广阔。这个空间我称为'外部世界'，或'外部空间'，它和当时中原人生活的'内部世界'合称为'中原世界'。"①
而"邑和田地组成的狭小空间"或者说"小宇宙"是人们熟悉
的"内部世界",与此相较的"外部世界""是一个充满危险
的'负的空间'"。②"人们一面和野生的敌人斗争,一面维
持内部世界的秩序,结果人群发展,内部世界的空间不断拓展
和扩大。"③贾平凹小说的"乡村"在《商州》《浮躁》阶段
就不仅是写"内部空间",而是意识到外部世界的"负的空
间"的存在。

　　沙滩过去的岸上,槐树、药树、皂角树,虬虬蟠蟠;野生
的杂木一人多高就肆意横生,养成无拘无束的懒散,以至酸枣
棘、黄拉木条子、狼牙刺梅,还有黄蒿、三棱草,就势长上
来,和这些树股相绞相缠。刚才还看得清楚,渐渐就黝黑,月
亮泛上,又似乎是一种青蓝的幽色,望一眼就毛骨悚然,疑心
有魅出没。(《商州》)

　　岗下是一条沟,涌着竹、柳、杨、榆、青桐、梧桐的绿,
深而不可巨测,神秘得你不知道那里面的世界。(《浮躁》)

　　巫岭到处是老树枯藤,沿沟畔处树较少,却蒿草荆棘丛
生,息集了一团一团黑色的蚊虫,闻见人腥气就黑乎乎扑来,

① 伊藤清司,刘晔原译:《〈山海经〉中的鬼神世界》,中国民间文艺
出版社1989年,第3、1—2、7页。
② 伊藤清司,刘晔原译:《〈山海经〉中的鬼神世界》,中国民间文艺
出版社1989年,第3、1—2、7页。
③ 伊藤清司,刘晔原译:《〈山海经〉中的鬼神世界》,中国民间文艺
出版社1989年,第3、1—2、7页。

用手去赶，赶不去，赶不走，一抹一手污血。（《浮躁》）

对"负的空间"的征服确证着生活在"内部世界"人的自我力量。《老生》中，雷布的父亲起早去竺山捡陨石，"到了竺山天还未亮，就坐在一个倒坍地上的枯木上吸旱烟。吸呀吸呀，把旱烟锅子都吸烫了，往枯木上弹弹烟灰，没想到枯木却动起来，才知自己坐在一条蟒蛇上。蟒蛇并没有伤害他，他却吓昏了，天明被人发现背回家，还没有醒，从此人成了植物。竺山有了大蟒蛇，山民就围山搜捕，终于杀了那条长虫。据说杀蟒蛇的那条沟，草木全部枯死，此后过沟风带着哨子，还有一股腥味。"负的空间"到了现代中国已经被各种力量整肃，比如老生》中改革时代对动物植物的催熟，对大山的挖掘，而现代医学则让人变得更强梁。《秦腔》中，三踅在堤上歇息，一条冬眠的菜花蛇竟然钻到他的嘴里。三踅和上善一齐拔蛇尾巴也拔不出来。在县医院，医生在三踅的脖子上开了口，把蛇从拽出来，三踅才算是活过来。《老生》的第一个故事写正阳镇辖区里的树林子多，而且树都长得高大，竟然有四五十丈高的樟树和松树。树木高大，林子里就有羚牛、野猪，还有熊，也就是些大动物。老黑的爹就是在和老黑一些避熊的时候从崖上掉下去摔死的。但令人生畏的熊其脚掌却在《浮躁》《秦腔》中被频繁地端上改革时代的餐桌。

只偶尔，人意识到自己的渺小，意识自己对外部世界"负的空间"的恐惧。在和狼的对峙中，夏天义尿湿了裤子，《秦腔》写夏天义和狼的一场遭遇。

夏天义一下子脑子亮清了，对着哩，是狼！足足有二十年没见过狼了，土改那年，他是在河堤植树时，中午碰见了狼，狼是张了大口扑过来，他提了拳头端端就戳到狼嘴里，他的拳头大，顶着狼的喉咙；狼合不上嘴，气也出不来，他的另一只手就伸过去抠狼的眼珠子，狼就挣脱着跑了。……现在，夏天义又和狼遇到一起，夏天义过后给我说，这或许是命里的定数哩，要不咋又面对了狼呢，这狼是不是当年的那只狼，或者是那只狼的后代来复仇呢？但是夏天义不是了当年的夏天义，他老了，全身的骨节常常在他劳动或走动中嘎嘎作响，他再也不是狼的对手了。

有意思的是，在阐释"苛政猛于虎"这个经典的中国故事时，伊藤清司这样说："实际上，深草荒村中的寡妇，绝对说不出'无苛政'这样很有些政治意味的话。对她来说，不想搬走的原因在于：这个村落是祖传的居住地，是十分熟悉的习惯了的同族集团的'内部世界'。所以她充其量只会回答孔子说：'这里都是好人，没打算从这里离开！'这样的回答就比较实际，比较合乎情理，苛政云云，是儒家的借题发挥而已。对这个寡妇来说，由于对老虎的恐怖和憎恨，加之失去亲人的痛苦，她才不顾一切地痛哭流涕。"[1] 贾平凹的《浮躁》也曾经写过一个现代的"苛政猛于虎"的故事。小说中，福运去给

---

① 伊藤清司，刘晔原译：《〈山海经〉中的鬼神世界》，中国民间文艺出版社1989年，第3、1—2、7页。

乡政府猎熊却被熊咬死。"等蔡大安领着人赶来的时候，福运已经死了，他的腹部破裂，肠子挂在了荆棘上，惨不忍睹。而那只狗熊死在那里，它是被成百成千只马蜂蜇死的。"小说接着也写到福运妻子小水的哭诉。"苛政猛于虎"本质揭示的"内部世界"的恐惧远远超过"外部世界"，人在两者的权衡中取其轻，宁可择虎而居，逃向"负的空间"的外部世界。《老生》第四个故事挪用了著名的"周老虎"新闻事件。虽然"负的空间"可以以另外的方式呈现，比如瘟疫，但"山中无老虎"却是事实。"苛政猛于虎"对比的一方被人剿灭整肃收编之后，"苛政"则往往成为存在于"内部世界"，同时成为"内部世界"的最大威胁。在最近的四部长篇小说《秦腔》《古炉》《带灯》《老生》，贾平凹反复书写的是"内部世界"如何成为"负的空间"。

《山海经》研究中，叶舒宪等的"文化寻踪"属于走得比较远的，我不认同他们对《山海经》的许多想象性推演，但他们所运用的"想象地理学"的概念却是有价值的。他们认为："在华夏明文中，既充分体现自我中心宇宙观，又全方位建构远方异人形象的上古典籍非《山海经》莫属，它对古代中国的地理观、民族观、世界观均有不可低估的铸塑作用。"① "'乐园'总是虚幻的，不能在近旁，甚至越高越远越美妙——西域便最远，时空的遥远并对抗'罪恶的文明'。"② 《老生》"山海经"问答说："西天是诸神充满"，"这二十三山，

① 叶舒宪等：《〈山海经〉的文化寻踪》，第147、561页。
② 叶舒宪等：《〈山海经〉的文化寻踪》，第147、561页。

六千七百四十四里，天阔地迥，气象万千，大河源出，玉膏沸扬，有无忧碧草，有应验灵木，有五彩珍禽，有御凶异兽，世间万物无不有焉的嘉祥延集之地，是上古的中心，天帝的下界都城啊！""山海经"西天对充满了战争和杀戮中华民族发祥地的泾渭流域构成了彼岸与此岸的微妙平衡，而"四个故事"的时代却没有给我们预予一个"乐园的西天"可以抵抗和逃逸。"山中无老虎""世界亦无西天"，我们只能委身于现世的灾难和苦厄中。贾平凹在《老生》后记里说，《山海经》"写尽着地理，一座山一座山地写，一条水一条水地写，写各方山水里的飞禽走兽树木花草，却写出了整个中国。《山海经》里那些山水还在，上古时间有那么多的怪兽怪鸟怪鱼怪树，现在仍有着那么多的飞禽走兽虫鱼花木让我们惊奇。《山海经》里有诸多的神话，那是神的年代，或许那都是真实发生过的事，而现在我们的故事，在后代来看又该称之为人话吗？"[①]诸神退隐，贾平凹写我们时代的"人话"。《山海经》写人类的成长，由饱闻怪事中逐渐才走向无惊的。《山海经》里上古人的思维是原始的，这种思维延续下来，逐渐就形成了集体意识，形成了文化。那么，我们可以追问的是，被"四个故事"写的"杀戮"洗礼过的现代中国又会形成怎样的集体意识，怎么的文化呢？而我们还会有诸神充满的西天可以期待吗？《老生》"山海经"问答只读先民最靠近的"山经"，"海经"想象的世界比西天还要远。

---

① 贾平凹：《老生》后记，《当代》2014 年第 5 期。

四

"山海经"的空间想象图式在现代异变并不是贾平凹最终写作的目的，贾平凹最终是要写人的畸变，写人内心的暴力欲望是如何被充分释放出来的。[1] 可以预言，《老生》会因为对现代中国乡村暴力的反思成为中国当代文学的一部重要作品。

《老生》之《山海经》问答说："人在大自然中和动物植物，人只怕人，人是产生一切灾难厄苦的根源。"细读《山海经》的问答可以读出四个故事的"意义"，也能读出"四个故事"时代的"山海经"渊源，或者"山海经"在"四个故事"时代的异化。从《古炉》《带灯》到《老生》，贾平凹写得最触目惊心的是乡村的暴力，甚至到《老生》"暴力"成了几乎唯一的主题。告密、仇恨、猜忌、以怨报德和相互虐杀，无论是对革命时代的暴力，还是对后革命时代暴力的延宕，小说成为一条被疏浚的河流，流淌着贾平凹生命中暴力的恐惧记忆。这种暴力即使在《古炉》假"革命"的名义，仍然难以掩盖其血腥，何况时至今日，他时视作革命的一切其合法性已经值得质疑。贾平凹对乡村暴力的文学书写应该源自成长记忆。在《我是农民》中，他写到："我的一位同学如何迎着如雨一般的石头木棍往前冲。他被对方打倒了，乱脚在他的头上踢，血像红蚯蚓一般从额角流下来。他爬起来咬住了一个人的手指，

---

① 关于贾平凹小说对当代中国暴力的反思，我在《我们的时代，我们同时代人》（《当代作家评论》2013 年第 3 期）作过初步的考察，《老生》使我对这一话题有了进一步思考的可能。

那手指就咬断了，竟还那么大口地嚼着，但随之一个大棒砸在他的后脑，躺下再也不动了。"①"山海经"和"四个故事"的对照记不是"他者"对"他者"的互看，而是同一个"我"延续下来的历史，应该意识到《老生》对暴力理解的这个基本前提。可以看《老生》"山海经"问答的几个片段：

问：现在怎么再见不到那些长着有人的某部位的兽了呢？

答：当人主宰了这个世界，大多数的兽在灭绝和正在灭绝，有的则转化了人。

问：转化成了？

答：一解放，这世上啥没转化呢？

问：白首赤足的朱厌"见则大兵"，状如雄鸡而人面的凫徯"见则有兵"，兵指战争、杀戮吗？

答：是指战争和杀戮，也可以是指专政。

问：那时也有专政？

答：有人群就有阶级。前面的几章里多处提到"天下""县""郡"，应是已有了国家，一切国家都是一定阶级的专政。

问：这是为什么呢？

答：你见过冬季里村人用细狗撵兔吗？一只兔子在前边跑，后边成百条细狗在撵，不是一只兔子可以分成百只，因名

---

① 贾平凹：《静水深流：贾平凹长篇散文》，河南文艺出版社2009年，第34页。贾平凹：《静水深流：贾平凹长篇散文》，河南文艺出版社2009年，第34页。

分未定。有了名分，统治就要有秩序……

在这里中国当代政治的关键词"专政"被从"四个故事"的现代溯源到"山海经"古代。不仅如此，"过去是人与兽的关系，现在是人与人的关系"，"县长被割了头，这在秦岭五百年历史上都没有的事"，"一解放"所揭示出的几个重要时间节点告诉我们的是"专政"的在现代中国的越演越烈，在对暴力和专政的历史遗产的继承上，"一解放"也是我们常常说的那个词"开天辟地"远胜于古。

应该说，群氓暴力是五四新文学开创的一个重要母题。鲁迅的《狂人日记》一直有一个被有意无意被忽略的细节："前几天，狼子村的佃户来告荒，对我大哥说，他们村里的一个大恶人，给大家打死了；几个人便挖出他的心肝来，用油煎炒了吃，可以壮壮胆子。"这个场景中的"大家"如果在鲁迅的小说中还是作为"吃人"者被批判，在未来的日子则被赋予了正义性，我们只要看《老生》对地主的批斗场景就能够理解鲁迅小说巨大的预言性。这个问题如果要认识得更充分，是应该把《老生》放在《暴风骤雨》《太阳照在桑乾河上》《秧歌》《一九四八》这个"写土改"的中国现代文学谱系去解读的。当然揭示这一点我也不是简单地从启蒙理性去否定现代中国底层暴力在现代民族国家建构中的意义。中国现代社会暴力的暧昧和缠绕，正是文学要书写的暧昧和缠绕。贾平凹青少年时代的暴力记忆成为他小说，特别是近年的小说不断重现的梦魇。应该说，一个成熟的作家中的母题重现可能是一个极富推进性的文学行为，但这往往会被粗疏的文学鉴赏和批评者视作是简单的重复和复制。如果说，《古炉》中"文革"的武斗因为我们今天对"文革"的检讨和批判已经丧失其正义性。而《秦腔》中，夏天义带领村民阻止修路；《带灯》中，元黑眼兄弟五个要办沙厂，换布拉布要改造老街，这些为维护一村庄一家族利益而滋生出的暴力在现代社会同样丧失其合法性。尤其值得指出的，时至今日，穷人对财主财产、女人和生命的暴力剥夺依然被国家叙事从反抗的意义上被赋予正义性和正当性，《老生》对其正义性和正当性的质疑是釜底抽薪的。因为，这种暴力正义性和合法性的基本前提是财主的财产积累是有原罪的，且反抗者是被剥夺被侮辱被损害者，但《老生》所揭示的事实却是不但财主可能善待着穷人，比如王世贞对老黑，王财主对白土。甚至财主的财产积累也没有我们想象的血和肮脏的东西，比如小说中的地主张高桂，有五十亩地，都是每年一亩每年三四亩的慢慢买进的，就再没有能力盖房子，还住在那三间旧屋。相反的是，老黑却是以怨报德，以革命的名义杀了自己的"恩人"王世贞。不过同样应该看到的，《老生》不只是为财主们翻案，当代文学往往迷恋以新历史主义的名义将历史玩弄成逢正必反的把戏。小说要不要对世界的真相负责？是的，小说可以不像历史求解到一个终极的结果，小说可以沉溺在历史迷宫的暧昧。所以，《老生》写出世界的复杂性，如财主和穷人的关系可以是如王财主和白土这样的和解式的。值得注意的是，在一个绵延的历史之上，反思暴力之恶，《老土》和《古炉》《带灯》相比开辟出新的疆域，比如写棋盘村对个人私人日常生活剥夺的暴力："棋盘村人人都能说些政治话"，"棋盘村就有了规定，五十岁以上的男人可以剃光头，五十岁以下的男人都理成他那样的发型。"这里"他"是棋盘村的政治寡头冯蟹。《老生》的写作揭示着一个事实：对现实有精准洞悉的作家才可能摆渡到隐喻的写作，比如《老生》写"劳动改造的地方"黑龙口的瓦窑对"政治犯"和"生活犯"的训诫和惩治，贾平凹已经触及到一个庞大的幽暗的国度。再往下，贾平凹会成为一个更深刻更有力量也更具批判性的作家。在《老生》《古炉》和《带灯》，贾平凹对人的嗜血性和暴力小说近乎自然主义，可以举《老生》的例子：

几个保安就扛来一页门扇，把老黑压在了门扇，开始拿思颗铁打的长钉子钉起手和脚。老黑没有喊叫，瞪着眼睛看砸钉的人，左手的长钉砸了两下砸进去了，右手的长钉砸了四下还没砸好，老黑说：你能干个怂！长钉全砸好了，老黑的眼珠子就突出来，那伙保安又把一块磨扇垫在老黑的屁股下，抡起铁锤砸卵子。只砸了一下，老黑的眼珠子嘣地跳出眼眶，却有一个肉线儿连挂在脸上，人就昏过去了。姓林的说，继续砸，这种人就不要留下根。保安用冷水把老黑泼醒，继续砸，老黑裤裆烂了，血肉一摊，最后砸到上半身和下半身分开了才停止。

但应该看到类似嗜血的暴力，肯定不是局限于《古炉》《带灯》以及《老生》四个故事的之一时，也不局限于一地之"正阳镇""棣花街"和"樱镇"。更为重要的是，如果我们有心将贾平凹所有小说嗜血场景对照看，有两点值得我们注意：一是嗜血是一个今天一如往昔的历史绵延；二是嗜血性是看与被看的沉溺：

肯定有热闹。当年老槐树上挂着伪镇长的头，看的人里三层外三层，那头挂着，嘴里还夹着他的生殖器。铡那个政委时，看的人也是里三层外三层的，那政委被按在铡刀下了，在喊：共产党万——，铡刀按下去，头滚在一边了，还说出个岁字。（《带灯》）

对暴力作出批判也许是简单的，但如《古炉》《带灯》以及《老生》所展示的当下乡村暴力本身却可能并不简单。我曾经和学生讨论过一部关于巴勒斯坦人肉炸弹的纪录片。人肉炸弹针对平民的袭击固然没有正义性，而一个民族的正义诉求和反抗只能依靠前赴后继的人肉炸弹，是不是更深刻地反映我们所谓世界正义并没有尊重和呵护弱者的正义？《秦腔》最后的抗税风波（小说中暗示群体性的抗税是普遍事件，而不是孤立的个案）；《带灯》涉及到另外两场群体性的暴力，一次是元老海组织的，一次是田双仓组织的。小说中的这些群体暴力事件都有着民间正义的基础，"田双仓却总是以维护村民利益的名义给村干部挑刺，好多人都拥护他"；元老海更是因为阻止"从莽山凿个隧道穿过樱镇"成为乡人心目中的英雄。"就拿樱镇来说，也是地处偏远，经济落后，人贫困了容易凶残，使强用狠，铤而走险，村寨干部又多作风霸道，中饱私囊；再加上民间积怨深厚，调解处理不当或者不及时，上访自然就越来越多。既然社会问题就像陈年的蜘蛛网，动哪儿都往下落灰尘，政府又极力强调社会稳定，这才有了综治办。"如何去面对乡村正义诉求的暴力？是对正义的诉求是不是应该必然通向对"暴力的美化"？"在某种情况下，暴力能够重燃希望、激发改变现状的意识和激发参与者的凝聚力，从而引起了一些现代思想家对暴力的美化。"[1] 存在美好或者正义的暴力吗？约翰－基恩指出过："暴力之域指的是这样一个地方，在那里暴力作为集体的政治舞台，具有它自己的生命，不会受到公众的公开质疑，不会遇到公众的抵制，也没有其他公开的替代方式。在这个虚构的恐怖之域，一些人毫无忌惮地对他人的精神和身体施加残忍的暴力。他们看上去正在享受这个过程，流露出一种对残忍行为的嗜好。他们沉迷于暴徒的呼喊尖叫、受害者的畏缩怯弱和暴力的典礼仪式。他们已经迷上了野蛮，相信暴力是必须的，而且认为自己永远是对的，所以他们认为自己有权随意运用暴力而不受处罚或制裁。也因此，他们压制、惩治和消除所有不同意见。"[2] 在极度不公平无正义的当下中国，"美化暴力"，特别是底层，弱者的暴力，有着广泛的社会基础，是否存在"美好的暴力"应该成为一个认真讨论的话题。而贾平凹的《老生》批判反思暴力，也揭示"暴力的美化"的

---

[1]　约翰－基恩，易承志等译：《暴力与民主》，中央编译出版社2014年，第132、2页。

[2]　约翰－基恩，易承志等译：《暴力与民主》，中央编译出版社2014年，第132、2页。

虚妄吗？还是"山海经"问与答：

问：这一山系记载了金银铜铁，记载了牛马羊鸡，记载了米和酒，还记载了战争和劳役，这证明了人已经在那时在耕种，纺织，饲养，冶炼，医疗，那么，这些技能又是怎么来的？

答：是神的传授。

问：真有神吗？

答：……神或许是人中的先知先觉，他高高能站山顶，又能深深能行谷底，参天赞地，育物亲民。或许就是火水既济，阴阳相契，在冥冥之中主宰着影响人的生命生活的一种自然能量。

问：现在还有神吗？

答：神仍在。

问：哦，那我能会神吗？

答"神是要敬畏的，敬畏了它就在你的头顶，在你的身上，聚精会神。你知道"精气神"这个词吗，没有精，气就冒了，没有精和气，神也就散了。

"岭宁城就是冒了一股子气，神散去，才成了那么个烂村子。"现在可以看清楚了，《老生》的"四个故事"是现代中国的"专政史"。小说的第四个故事，这列"专政"的列车从"山海经"驶达了我们置身的时代，一个追求财富梦的时代，一个神散了的时代。我们暴力剥夺了外部世界，暴力剥夺了我们的同类，甚至我们自己内心葆有的善良和信仰，我们疯狂攫取，最后是大自然疯狂地报复，《老生》收梢于一个瘟疫、死亡、废墟的世界，当归村成为了空村和烂村。"当归"却无处可"归"，被暴力完全摧毁的世界，呈现出绝望却无处可逃的世界图景。不仅如此，连出入阴阳两界的唱师都老死了，那么沉沦黑暗的我们，谁带领我们"归"呢？

2014 年秋，随园西山

作者简介：何平，南京师范大学文学院副教授。

"长篇崇拜"与文体关系①

黄发有

内容提要： 在新时期文学的生态环境中，不同文体之间逐渐形成一种潜在的等级关系。20世纪90年代以来，长篇小说的文体地位日益提升，并逐渐发展成一元独尊的文体崇拜。长篇小说的过度生产日益突出，量增质减是其总体的发展趋势。长篇小说的泡沫化现象，也给文体发展带来了一些无法回避的负面影响：规模崇拜；观念超载；形式粗疏。文学发展要有可持续性，必须保护文体的多样性。文体独立与文体交融的有机结合，是文体发展的活力源泉。

关键词： 新时期文学 长篇小说 文体关系

---

① 本文为国家社科基金项目"文学史视野中的中国当代文学期刊研究"（编号：10BZW098）阶段性成果。

文学研究中的文体关系是指不同文学文体之间的相互差异与内在联系，不同文体在孕育、发展和衰落的过程中，通常会吸取其他文体的特征与元素，文体之间的相互融合、相互渗透、相互竞争是文学发展的常态。在研究文体关系时，应当重点关注不同文体在一个特定时代的文学场域中的地位问题。钱钟书在其论文《中国诗与中国画》中，在谈到古代中国文学不同文体的职能时，认为"这些文体就像梯级或台阶，是平行而不平等的，'文'的等次最高"[①]。"文革"结束以后，新时期文学的不同文体，其地位同样是"平行而不平等的"，总体而言，小说尤其是长篇小说受到最为热烈的关注，其文体地位和文化影响都远在其他文体之上，是一种"核心文体"或"中心文体"，相对而言，其他文体属于"边缘文体"。文学发展会有阶段性和周期性，正所谓"盛衰各有时"，但是，如果文体发展严重失衡，长篇小说一家独大，缺乏平等竞争的环境和刺激革新的机制，文学就会出现结构性失衡，导致文体发展失去内生性的动力和活力。

一、文体关系的失衡

在新时期文学的生态环境中，不同文体之间逐渐形成了一种潜在的等级关系：小说＞散文＞诗歌，长篇小说＞中篇小说＞短篇小说。至于戏剧文体，其地位和处境较为复杂，话剧

---

① 钱钟书：《七缀集》，生活·读书·新知三联书店2002年版，第4页。

的创作和研究同样是寂寞的事业，但影视剧本的创作却极为兴盛。形成这种等级关系的主要推动力量，一是在文艺政策、传媒法则、评价机制等多种文学权力综合作用下形成的文学秩序和文体观念，二是不同文体的受众面和商业潜能。通观现在流行的中国当代文学史教材和论著，小说文体的地位蒸蒸日上，不少著作还对小说文体进行细分，每一时期都对长篇小说和中短篇小说分而论之，散文、诗歌的地位大不如前，其余文体如戏剧、报告文学的地位就更为尴尬，常被视为附骥之蝇，被人为地遮蔽。

从 20 世纪 90 年代以来，长篇小说的文体地位日益提升，并逐渐发展成一元独尊的文体崇拜。陈忠实认为："因为文坛有一条不成文的惯例，作家如果没有长篇就好像在文坛上立不住脚，所以有'长篇一举顶功名'的说法。正是因为这种原因致使有些作家不顾作品的质量而追求篇幅的大小。"[1] 最近二十年，长篇小说的产量急剧增加，形成了长篇小说创作与出版的热潮。关于长篇小说热，朱向前有个"三级加温"的说法：90 年代初，一批思想和艺术上都比较成熟的作家经过 80 年代创造实践的积累，"感到火候到了，应该拿出长篇来了，否则不足以证明实力，不足以征服文坛"；二级加温是 1993 年前后的"陕军东征"和"布老虎"出山，成功的市场运作使作

---

① 张英：《白鹿原上看风景——陈忠实访谈录》，《文学的力量》，民族出版社 2001 年版，第 196 页。

家名利双收；三级加温是有关部门的号召①。长篇小说被认为是表现民族历史和文化的史诗，具有博大的审美容量和强悍的艺术张力。雷达认为："一个有趣而难解的事实是，自上世纪九十年代中后期至今，长篇小说忽然变成了文学市场的宠儿，具有相对可观的市场回报，使集中发表中短篇的文学期刊相形见绌。这当然并不意味着长篇的审美含量一定高于其它。但由此长篇小说有了'时代文体'、'第一文体'之誉。"②

在社会、经济、文化的复杂互动中，不同文体之间的不平等关系逐渐固化，而且被普遍认为是一种合理的存在。在新时期文学的发展历程中，曾经出现过多种文体各领风骚的格局。短篇小说在 1977 年至 1981 年间一枝独秀，《人民文学》主持的 1978 年全国优秀短篇小说的评选，拉开了新时期文学评奖活动的序幕。随着《当代》、《十月》、《花城》、《钟山》等大型文学期刊的创刊，中篇小说也在 1982 年之后的数年内形成持续的创作热潮。从天安门诗歌运动到朦胧诗，诗歌以其广场效应和时代呐喊，唤醒人们内心沉痛的集体记忆，以真挚的情感表达激发理性的反思精神；而随后的新生代诗歌以大学校园为基地，也有深厚的创作基础和广泛的社会影响。进入 90 年代以后，伴随着文化大散文和跨文体写作的流行，散文随笔迎来了产销两旺的历史机遇，不少小说家和诗人转行写散文，这推

---

① 萧复兴、朱向前：《短篇小说的困境和出路》，载《小说选刊》1997 年第 11 期。
② 雷达：《新世纪以来长篇小说概观》，载《小说评论》2007 年第 1 期。

动了"散文热"的升温。在进入 21 世纪之后,文学阅读呈现出多元化和分众化的趋势,散文的创作和出版都从喧嚣转入沉寂,这正如散文编辑家王国伟所言:"散文力作不多和散文大家难现,出版媒体影响的弱化和图书出版的进一步小众化,都使散文出版难现热点和高潮。"①与持续发酵的长篇小说热潮相比,"散文热"显得缺乏后劲。在某种意义上,长篇小说的独占鳌头与其得天独厚的传播优势密切相关,与影视和网络的联姻拓宽了其传播空间。"影视同期书"和网络上流行的"玄幻小说"、"穿越小说"、"职场小说"等概念,为长篇小说生产笼罩上时尚的光环,在文化消费市场上抢得先机。而长篇小说在影视改编、网络游戏改编等方面的文体优势,可以给作者带来较高的物质回报,这也使其在配置文学资源方面,表现出集聚优质文学力量的强大的向心力,诱发文体关系中的马太效应,即强者愈强,弱者愈弱。在一元独大的文体风尚中,文体之间的相互影响与相互渗透就容易被忽略。关于 90 年代长篇小说的文体特征,李洁非认为延续了作为 80 年代文学宠儿的中篇小说的审美惯性:"对今下长篇小说而言,鸟瞰全局式的或全景式的切入点已不时兴,相反,局部的、单个人物的、由小渐大、由窄渐宽的切入点却为作家所偏爱,而后者其实正是典型的中篇小说切入点。由于一个中篇小说时代的影响,作家在控制长篇小说情节结构时,其'虚化'能力明显比前辈作家增

---

① 王国伟:《喧闹与平静:新时期散文出版》,载《编辑学刊》2010年第 1 期。

强，他们在处理大跨度情节时更加显现出灵活性。"①

关于文体偏见乃至文体歧视，史铁生的《我与地坛》的命运就是最为典型的例证。《我与地坛》首发于《上海文学》1991年1月号，责任编辑姚育明回忆："一般情况下，杂志社对1月号都相当重视，周介人说，这期的小说分量还不够，缺重点稿，你对史铁生说一声，这篇稿作为小说发了吧。它内涵很丰富，结构也不单一，作为小说发一样的。……周介人说没关系啊，他出散文集子时照样可以收进去的，再说小说的地位比散文重，没有亏待他啊。我遵嘱和史铁生商量，完全在预料之中，他坚决地说：就是散文，不能作为小说发；如果《上海文学》有难处，不发也行。"结果《上海文学》发表这篇作品时"栏目标题既非小说也非散文，甚至不是'名家近作'，而是以'史铁生近作'作为标题"②。综合性文学刊物的头条作品和首要栏目几乎都被小说文体所占领，文学出版机构更是把长篇小说视为重中之重。由此可见，文体偏见已经是根深蒂固，积重难返。

当文体关系处于失衡状态时，功利性的文体观念扩散开来，文体的界限被人为地混淆，变得模糊不清。像《我与地坛》这样杰出的散文作品，如果不是史铁生拒绝妥协，就被乱点鸳鸯谱，贴上小说的标签。更为有趣的是，张承志的《错开

① 李洁非：《长篇小说热的艺术评析》，载《小说评论》1994年第2期。
② 姚育明：《史铁生和〈我与地坛〉》，载《上海文学》2011年第2期。

的花》首发于《中国作家》1989年第4期，编辑对作品的文体定位是中篇小说，并有专门的说明："张承志是一位具有深沉历史忧患感和浓郁生命诗情的作家，本期的《错开的花》或会因其诗化品格给阅读带来一点难度，但仔细涵咏，将不难想到：立志征服险恶的探险者，安于温柔和谐的牧羊人，渴望疯狂残暴的强盗，乞望真主拯救的信徒，是否生命的四种极至，抑或人生的四个历程？一朵错开的花，一个简朴而深湛的哲理……"[1]作品分为"山海章"、"牧人章"、"烈火章"和"沉醉章"，以第一人称"我"作为抒情和叙述的主体，表达了对生命的四种境界和历程的感悟，每一部分都有大段分行的诗句穿插其间，诗歌的元素占据主导地位。这篇作品后来和《黑山羊谣》、《海骚》一起被收录到《神示的诗篇》、《错开的花：张承志新诗集》和《错开的花》等作品集中，文体定位都是新诗；和《海骚》一起被收录到《回民的黄土高原：张承志回族题材小说选》时，文体定位仍然是中篇小说[2]。《错开的花》、《黑山羊谣》、《海骚》同时被编者和作者定位为中篇小说和新诗，并且几度反复，这算得上是一个特例。我个人认为，《黑山羊谣》、《海骚》是诗体小说，而对《错开的花》最恰当的文体定位应该是诗体散文。张承志有这样的表述："就这样，我写了一种新诗。比起流行的诗来，我的行间

---

① 《编者的话》，载《中国作家》1989年第4期。
② 张承志：《神示的诗篇》，江苏文艺出版社1992年版；《错开的花：张承志新诗集》，北京师范大学出版社1993年版；《错开的花》（东岳文库之一），山东文艺出版社2001年版；《回民的黄土高原：张承志回族题材小说选》，青海人民出版社1993年版。

有散文甚至有论文。它的篇幅一般如我国所习惯的中篇小说的长短，大约四五万字，比诗人们的长诗更长一点。初次发表时，编辑们容忍了这种形式，但仍然把它们划入中篇小说的栏目内。我非常喜爱这三首长诗，它们给予我倾诉和表现的原野；给予了我无拘无束地用中文汉语指点江山，发掘和丰富这美好文字的喜悦。特别是《错开的花》，我自知不可能再写出超越它的作品。"[①]

从20世纪90年代以来，小说的"非小说化"现象变得日益突出。越来越多的"非小说"被贴上小说的标签。譬如，在王安忆的作品集《众声喧哗》中，《恋人絮语》、《释梦》、《林窟》、《爱套娃一样爱你》、《闪灵》、《游戏棒》等小说，都没有具体的人物和情节，抒情和议论是作品的核心内容，按照通常的文体规范，这些作品是较为典型的散文。但是，作家还是将之定义为"短篇小说"，她在接受采访时说："在发表的时候，他们就问我，到底这个文体怎么命名？我说我还是把它定义为小说。可能我个人对小说的认识和别人不同，或者说比较宽泛。我觉得第一它是虚构的，第二它是有故事的，它的故事不是由人来演绎，而是由物来演绎，它是有悬念的，最后它会把悬念解开。从这些地方来讲，它还是基本具备了故事的条件。"[②] 其实，虚构元素在作品中极为淡化，

---

① 张承志：《自序》，《错开的花》，北京师范大学出版社1993年版，第2—3页。

② 孙若茜：《王安忆：〈众声喧哗〉》，载《三联生活周刊》2013年第12期。

作品采用了叙述手法，却是散文化的叙述，而不是讲述虚构故事的叙述。由于作者交叉运用写实和象征手法，作品中的物品显得既具体又抽象，像《恋人絮语》中的电影院、邮筒、电话亭和《释梦》中六个梦中的鞋子，都处于跳跃而模糊的状态之中，飘忽不定。在某种意义上，这些作品是一种情绪的结晶体，在虚实相生的回忆和想象中抒发一种柔和的情致。不少研究者认为韩少功的小说走的是散文化的道路，即淡化环境，虚化人物，弱化情节，但强化情绪的流动。汪曾祺、林斤澜的小说也有散文化倾向，值得注意的是，他们的作品在整体风格上有一体性，散文笔法没有喧宾夺主。而韩少功从《马桥词典》、《暗示》到《日夜书》的小说创作，却表现出较为明显的非小说化倾向。正如作者所言："我一直想把小说因素与非小说因素作一点搅和，把小说写得不像小说。"[①]《暗示》综合了小说、随笔、议论文的文体元素，作家个人的感受、想象和思索的嵌入常常中断了叙述进程，使得文本呈现出片段化、游离化的状态。

伴随着长篇小说地位的飙升，长篇小说的过度生产日益突出，量增质减是其总体的发展趋势。90 年代中期以来，许多刚出道的文学青年一出手就是长篇小说，在语言和结构方面都显示出先天的不足。吴义勤认为"长篇小说是一种极具'难度'的文体"，"但在当下，我们却看到许多作家却把长篇写作看得极其容易和简单。有些作家的文学修养和文学素质恐怕连一

---

① 韩少功、崔卫平：《关于〈马桥词典〉的对话》，载《作家》2000年第 4 期。

部中短篇小说都写不出或根本就不会写，但长篇却已出版了多部"①。像 70 年代出生的作家的长篇，如丁天的《玩偶青春》、陈家桥的《坍塌》和《别动》、棉棉的《糖》、卫慧的《上海宝贝》等，几乎都是以前发表过的中短篇的集合。在"新生代"作家的创作中，从朱文的《什么是垃圾 什么是爱》、韩东的《扎根》、李冯的《碎爸爸》、张旻的《情戒》、林白的《一个人的战争》、陈染的《私人生活》、邱华栋的《城市战车》等产生过较大影响的长篇小说中，同样可以发现作家的结构能力的贫弱，这些作品都是将具有相对独立性的中篇小说简单地缀连在一起，而且其中各部分还作为独立的中篇发表在文学期刊上。这种"一鱼二吃"或"一鱼多吃"的倾向，深刻地反映出文坛风气的浮躁。为了出版单行本，余华的《活着》和池莉的《来来往往》都曾经历过扩写，将一部中篇小说增改成一部"小长篇"。刘醒龙获得茅盾文学奖的《天行者》同样是在中篇小说《凤凰琴》的基础上扩写而成，而且其成品的三个部分"凤凰琴"、"雪笛"、"天行者"，在结构方式上是三部中篇小说的组合。而"80 后"的韩寒、郭敬明等借助新概念作文大赛成名后，都以长篇小说赢得大量粉丝的追捧。郭敬明在接受媒体采访时的反思耐人寻味，他说："韩寒小说写得好不好我就不说了，但他笔下没有可以让人记得住名字的人物。提到金庸，会想到黄蓉郭靖，提到老舍，想到骆驼祥子，但提到韩寒，想不起来人。可能他作为社会评论家、杂文家，非常

---

① 吴义勤：《关于新时期以来"长篇小说热"的思考》，载《南方文坛》2009 年第 5 期。

优秀，非常厉害，但作为作家，他是有局限的。而且他不只是因为作家身份而有这么大影响力，他有很多符号性的东西。我也是这样的，我们的符号、形象都优先于作家的身份，所以我和他都是非典型的作家。"[①] 郭敬明认为韩寒的杂文、时评要比小说精彩，其评判一针见血。确实，韩寒和郭敬明的长篇小说都习惯采用日常化的流水账文体，在人物的塑造、情节的转换、叙述的技巧等方面都显得随意而杂乱。他们的长篇小说在艺术上显得粗糙而单薄，但韩寒以其标志性叛逆的麻辣风味，郭敬明以其永远忧伤的糖醋风味，在青春文学市场上独步一时。韩寒说："我不懂什么是纯文学，什么叫不纯文学，卖不掉的就叫纯文学？那些作家你自己的书卖不掉，怪谁去，怪市场？怪这个时代很浮躁？什么都怪，就是没怪过自己……文学就是写自己心里要表达的，卖得好，卖得不好，不关文学的事。"[②] 在一个商业时代，"卖得好"是最为强大的物质刺激，也是韩寒、郭敬明的写作模式被群起效仿的推动力。郭敬明坦承自己很看重销量："我觉得这是对一个作家最大的肯定，就是为这些读者写的，销量越来越好的时候，我知道我的书没有白写，有人看过了，那对我来说很重要。"[③]

　　作家扎堆写长篇小说不仅损害了文体的丰富性与多元性，

① 刘玮、史册：《郭敬明：我不排斥见韩寒，只是没有场合》，载《新京报》2011 年 12 月 13 日。
② 吴虹飞：《其实我根本就不叛逆——韩寒访谈》，载《南方人物周刊》2007 年 11 月 11 日第 28 期。
③ 邱致理：《郭敬明：我没有韩寒说的那么低龄》，载《南都娱乐周刊》2010 年 7 月 14 日第 27 期。

而且导致文学生态的失衡。对于文学创作而言，如果失去了多样性，就必然会使其发展缺乏可持续性，使文学走向僵化、简单与刻板。在文学市场化、政策激励、作家奠定文学史地位的艺术雄心的合力之下，长篇小说热显得盲目而急功近利，速成之风愈演愈烈。作家擅长写什么就写什么，扬长避短，这不仅是对读者的尊重，也是对自己的尊重。当作家缺乏充分准备就匆促上阵，都去写长篇小说时，作品的质量必然是参差不齐，其中一定会有不少半成品、次品乃至文字垃圾。不管是什么文体，只要是好东西，就一定要经得起时间的考验，为源远流长的文学艺术贡献新经验和新元素。而且，长篇小说创作急不得，需要耐心与雕琢，对于年轻作家而言，他们还有充分的时间和空间证明自己的艺术潜力，只有从容才能保证艺术品质。

二、"长篇崇拜"的症候

20世纪90年代以来愈演愈烈的"长篇崇拜"，是文学制度设计、商业力量和主流文学观念共同作用的结果。在文学评价机制中，长篇小说被视为代表一个时期文学成就的艺术标杆。在鲁迅文学奖的评奖规则中，中篇小说和短篇小说都以单篇作品参评，而散文和诗歌只能以作品集参评。针对这一现象，有读者认为体现了一种"文体等级意识"："为什么别的门类能单篇参评，而唯独散文、诗歌就不能呢？文学界向来有一种严重的体裁或文体等级观念：认为小说是一个大文体、大工程，写小说的都是大家；而散文诗歌不过是小花小草、小打小闹。"[1]在商业力量不断增强的文化语境中，长篇小说左右逢源，一方面它在文学评奖、创作资助方面更容易获得优先的支持，另一方面它在图书出版、影视剧和网络游戏改编等方面拥有天然的商业优势。苏童在《黄雀记》出版后接受记者采访时说："我认为自己的中篇没短篇好，我更喜欢自己的短篇。当下的现实是，一方面读者觉得没时间阅读，但另一方面长篇小说仍在市场上受追捧。事实上，我认为短篇阅读更适合文学爱好者，挤地铁的时间就能读完一个短篇。但作家都想写经典长篇是一个潜规则，是多方面需求的产物，更是作家内心的隐秘需求。长篇创作仍然是作品中的皇帝。"[2]颇不正常的是，现在不少研究某一时期文学发展状况的论文或著作，可以仅仅研究小说文体，也就是说小说可以代表并覆盖文学的整体，而其余文体都缺乏这种一统天下的优势。正如郜元宝所言："文学 = 小说，作家 = 小说家，差不多成了中国文坛不争的事实。而只知有小说，不知有文学，强迫症似的，一年写出没多少人要看的多部中短篇，隔两三年捧出更没多少人要看的一部长篇乃至超长篇——看到这一文学现象，后人会怎么说呢？曾经给中国文学带来勃勃生机的小说，也会令中国文学误入迷途吗？"[3]

在这种文化气候中，长篇小说在文学评奖、创作资助和文

---

[1]　王聚敏：《鲁奖评选不应有"文体等级意识"》，载《文学报》2010年7月8日。

[2]　刘科：《"作家急于拥抱现实，所有的努力可能白费"》，载《时代周报》2013年6月7日—13日。

[3]　郜元宝：《小说不是全部》，载《解放日报》2013年3月29日。

学研究等方面，都获得优先的地位，在某种意义上成为文学的形象工程，而其他文体则在相对的寂寞中自生自灭。长篇小说生产的过度膨胀，陷入了繁而不荣的尴尬状态，长篇小说的泡沫化现象，也给文体发展带来了一些无法回避的负面影响。

其一，规模崇拜。长篇小说被过度重视，这强化了一种错误认识，即长篇小说的篇幅越大越有气势，其体量的增长有利于承载更加丰富的时代信息与精神内涵。从刘震云二百二十万字的《故乡面和花朵》到张炜四百五十万字的《你在高原》，系列小说和长河小说屡见不鲜，长篇小说三部曲更是不胜枚举。刘震云要让《故乡面和花朵》"表达我对一个完整世界的整体感觉，以及我对生活、历史整体和全方位的把握"[1]；张炜说写作《你在高原》是"渴望更大的劳动"，要让作品成为"茂长的思想，浩繁的记录，生猛的身心"的载体[2]，在百科全书式的框架中包含万千思绪。长篇小说的篇幅的拉长，对于写作提出了更高的要求，必须以连贯的文气和完整的结构，将叙事元素有机地融合起来，否则，就会导致碎片化、断裂化、杂乱化的文体缺陷。在网络空间中，玄幻小说等类型文学的超长化倾向，更是愈演愈烈。文学网站通过不断的更新来积攒人气，这就驱使它们以签约的形式约束专职写手，以"协议分成"的盈利模式来催生"超长篇"，即"字数不够100万的文章肯定是'太监文'（形容文章突然停止不再更新），100万

---

[1] 张英：《写作向彼岸靠近——刘震云访谈录》，《文学的力量》，民族出版社 2001 年版，第 228 页。

[2] 张炜：《渴望更大的劳动》，载《人民日报》2011 年 1 月 21 日。

到 200 万字算短篇，200 万到 350 万字算是中篇，超过 400 万字的才有资格称为是长篇"①。

　　另一方面，在很多作家和批评家的潜意识里，长篇小说应当追求对历史的整体把握，对一个时代的艺术概括，对人类生存的人性反思。在"史诗性"、"纪念碑"、"传世之作"等宏伟目标的召唤下，许多作家都陷入了愈大愈空愈假的尴尬。90 年代以来历史题材的长篇小说盛行一时，在茅盾文学奖的获奖作品中，历史题材一马当先。越来越多的长篇小说聚焦于重大历史事件和历史转折的关键时刻，并追求所反映的历史阶段的时间跨度。以一个特殊家族的兴衰沉浮来揭示民族的历史演进，更是成为众多历史题材长篇小说结撰情节的枢纽。像莫言的《生死疲劳》、陈忠实的《白鹿原》、李锐的《旧址》、阎连科的《受活》、格非的"江南三部曲"、周大新的《第二十幕》、叶广芩的《青木川》等都意在对 20 世纪进行历史反思和文化透视，在对世纪遗产进行总结的基础上，展现面向未来的人性关怀与人文追问。应该承认，其中的优秀作品以独特的视角和个性化的叙事，拓展了当代文学的审美空间与想象维度。但是，如果作家在价值倾向、叙事方法、语言风格等方面缺乏个性鲜明的独特发现，重大题材往往会成为一种难以挣脱的限制，使得创作陷入"小马拉大车"的困境，步履维艰。这种规模崇拜症催生了不少失败之作，叙事混乱，结构失衡，文体驳杂。作家对篇幅的追求，使得"半部杰作"现象变得更为

---

① 温爽：《网络文学盈利模式催生"舒马赫"》，载《中国青年报》2010 年 1 月 7 日。

突出。在系列长篇、三部曲、长河小说的创作中，不少作品都有虎头蛇尾的迹象，作家的心力和体力都难以为继，而是听任惯性的支配，草率地敷衍成篇。正如朱寨所言："字数和形式不是长篇小说最主要的条件。"他认为"长篇小说的主要特点和任务是'反映时代，创造典型'"①。确实，像鲁迅的《阿Q正传》、沈从文的《边城》、张爱玲的《金锁记》的篇幅并不长，却是深刻反映了时代精神变迁的"巨制"。

其二，观念超载。"文以载道"的传统，在当代小说创作中可谓连绵不断。与哲学家的思想相比，小说家的思想不那么明晰，逻辑上甚至会自相矛盾，但是其中包含的丰富的感性内涵，以模糊性姿态呈现了世界的复杂性。正如昆德拉所言，小说家的思想"不是作者的自白，是对人类生活——生活在已经成为罗网的世界里——的调查"②。"文革"结束以后，一些优秀的小说家以其特殊的敏感，站在时代精神的最前沿，用文字传达时代变动和心灵震颤的隐秘信息。但是，小说中的思想不应是一种外在的添加剂，不应是一种凝固的、静态的存在，它应当是一种活着的思想，就像流淌在人物身上的血液一样温热，循环不息。正如克罗齐所言："混化在直觉品里的概念，就其已混化而言，就已不复是概念，因为它们已失去一切独立与自主；它们本是概念，现在已成为直觉品的单纯元素

---

① 朱寨：《长篇小说与现代主义》，载《文学评论》1998年第2期。
② 米兰·昆德拉：《生命中不能承受之轻》，韩少功、韩刚译，作家出版社1995年版，第234页。

了。"①"混化"一词，意味着观念必须经过形象化、审美化的转换，浑然地融入小说的有机整体。史铁生直面残缺后的沉痛的人生思索，就有机地融入了其笔下的文本构造，像散文《我与地坛》、《随笔十三》、《好运设计》和小说《命若琴弦》、《务虚笔记》等，他从个人的生存苦难出发，在追问中超越了一己悲欢，在形而上的境界中省思人类的普遍困境，而且始终提醒自己永远无法摆脱一线窥天的局限性，因而将享受过程、创造过程作为抵抗绝望的精神武器。

由于创作者在生命体验、知识储备、思想境界等方面的欠缺，观念先行和观念含混成为长篇创作中的一大痼疾。一方面，作家的观念没有转化为生动的文学形象，而是常常通过穿插议论、预设主题或者控制人物对话，直接表达出来，就像是给一个小孩穿了一件大人的衣服，显得生硬而突兀。另一方面，作家的观念本身常常有自相矛盾的地方，但作家借助小说的文体特点，通过含混的叙事来掩饰内在的疑虑。北村作为一个虔诚的教徒，心甘情愿地成为"神的抄写员"，其中篇小说《张生的婚姻》、《玛卓的爱情》、《水土不服》讲述的都是通过皈依信仰而使灵魂得救的故事，尽管情节推进多有斧凿痕迹，但仍然有较强的感染力。在长篇小说《愤怒》、《玻璃》、《我和上帝有个约》中，作品中的主人公李百义、李文、陈步森都是一种理念的化身，他们拥抱上帝、寻找救赎的过程是以违背情节和人物性格发展的逻辑为前提的。尤凤伟的《中国

---

① 克罗齐:《美学原理》，朱光潜译，外国文学出版社1983年版，第8页。

一九五七》在反思历史的追问中，表现出可贵的责任感和忧患意识，遗憾的是，作品中的人物形象多有理念化、类型化的痕迹。陈忠实的《白鹿原》中的关中大儒朱先生，也是儒家道德理想主义的代言人，人物像是用模具塑造出来的一样，成为印证作家观念的一件道具。

有些作家通过小说呈现一种思想者的姿态，但就内在思想而言，却是空洞的、迷惘的。从王朔的《玩的就是心跳》到何顿的《我们像葵花》，以虚无为核心的无聊感弥散开来，作家笔下的"多余人"或"漫游者"故作深沉，却在力求与众不同的自我期许中随波逐流。在底层小说的创作潮流中，人物形象的理念化倾向具有普遍性，像贾平凹的《高兴》中卖肾的刘高兴、尤凤伟的《泥鳅》中被陷害的国瑞、孙慧芬的《吉宽的马车》中处处碰壁却不愿再回乡村的吉宽、王祥夫的《米谷》中卖身的米谷等进城的乡下人的命运，昭示着城市与乡村的二元对立，他们的个人奋斗难以抗衡外部环境的决定性力量。人物性格的扁平化、单面化，呈现为静态的封闭结构，其根源是作家在创作时过于强烈地表达先入为主的观念，人物的一些性格侧面被过分放大，作品的戏剧性因过火而失控，人物就成为被观念操纵的棋子，失去了其自身的活力。

其三，形式粗疏。在消费文化的语境中，作家很难再潜下心来对作品进行细细的打磨，而是匆促出手，以保持在媒体上的曝光率和个人的知名度。女作家海男在1998年就出版了长篇小说《我们都是泥做的》、《坦言》、《蝴蝶是怎样变成标本的》、《带着面孔的人》，而潘军2000年在七家出版社同时出版了十六本著作，当年被一些媒体称为"潘军年"。一些"70后"、"80后"的写手，在商业炒作上就更是驾轻就熟。当媒体和作家都把产量大小视为衡量文学成就高低的关键指标时，粗制滥造就难以避免。就长篇小说而言，语言的芜杂已经是一种普遍现象。在片面追求写作速度和小说长度的前提下，在语言和结构上具有精致品格的长篇小说，已经变得越来越稀罕。不少长篇小说的语言东拉西扯，臃肿肥大，泥沙俱下，缺乏必要的艺术提炼。汪曾祺认为文学作品的语言和口语最大的区别是精炼。他说："使用语言，譬如揉面。""写作也是这样，下笔之前，要把语言在手里反复抟弄。我的习惯是，打好腹稿。"[①] 对于语言节奏的把握，长短句的搭配，字词的组合，汪曾祺确实是费尽思量。遗憾的是，这样的写作态度和文字风格，而今几近濒危物种。贾平凹的长篇小说在总体上保持了较高的艺术水准，但是其作品也难免俗。在长篇小说《带灯》中，仅仅看作品中的一些小标题，诸如"建议"、"三个先进"、"新形势"、"镇工作重点转移了"、"汇报各村寨选举情况"、"综治办的主要职责"、"本年度的责任目标"、"县上来了调查组"等等，就不难发现小说语言已经失去了自身的腔调，而是被樱镇镇政府和带灯日常使用的公文语言所淹没。作家或许试图营造出带灯的工作环境的逼真感，但是，公文语言和叙述语言的夹缠，使得两套语言像石子和面粉，根本无法被揉到一起。

---

① 汪曾祺：《无事此静坐》，辽宁人民出版社2007年版，第385页。

在表现形式上，生硬的模仿和翻新的赶潮大行其道，许多长篇小说大同小异，题材和艺术手法都缺乏创新。在叙事结构上，文气不连贯，内在的断裂常常造成虎头蛇尾的草率。譬如很多长篇小说中都有傻子、小丑、怪物式的人物，甚至干脆以他们的视角来展开叙述，像阿来的《尘埃落定》中的傻子二少爷、林白的《万物花开》中的大头、莫言的《檀香刑》中的赵甲和《生死疲劳》中的大头婴儿蓝千岁、贾平凹的《秦腔》中得了癔症的引生和《古炉》中的狗尿苔、阎连科的《受活》中受活庄随处可见的残疾人，这种叙事视角本身就有一种反讽色彩，但是，这种写法的反复出现也表明长篇小说的文体创新已经遭遇了艰难的瓶颈。与此相似的是，亡灵叙事也蔚然成风，像苏童的《菩萨蛮》、阎连科的《丁庄梦》、莫言的《生死疲劳》、余华的《第七天》、陈亚珍的《羊哭了，猪笑了，蚂蚁病了》、唐镇和刘工的《同一条河》等长篇小说，阎连科还有《横活》、《寻找土地》、《鸟孩诞生》、《行色匆匆》、《天宫图》、《和平殇》等中短篇小说，莫言还有《战友重逢》、《我们的七叔》、《怀抱鲜花的女人》等中短篇小说，都将亡灵作为叙事视点或情节元素。尽管亡灵叙事在中外文学中都有绵延的传统，但作家对一种小说技法的过度开发，而且缺乏新的突破，也显示出其创作陷入了难以超越自我的惯性写作状态。

受西方后现代主义潮流的影响，20世纪90年代以来崛起的一些作家对戏仿式叙述情有独钟，他们喜欢拆解一些经典作品的"史诗性"。像东西的《后悔录》中的曾广贤一开始就误入歧途，将正常的性意识视为罪恶之源，"后悔"不但无法纠正人生错误，反而使主人公的命运陷入无法摆脱的怪圈，对历史和自我构成双重的嘲弄与戏谑。作品在对"后悔"的颠覆性书写中，其幽默的笔法令人莞尔，在荒诞的尽头，留下的只是价值的迷惘与精神的废墟。李师江的《逍遥游》包含一种愤青式的颓废，作品中的人物善于为自己寻找开脱的借口，在叙述语体上则表现为近乎失控的杂语狂欢，对政治话语的调侃，对时尚热词的卖弄，对知识分子的话语方式的讥讽，快节奏的叙述带来一种失控式的快感，但是，在对假想的堡垒的强烈碰撞之后，只不过是无所适从地回到起点。90年代以来长篇小说的那种动辄跨越百年的时空以及走马灯一样的人物塑造，同样没有解决好"十七年文学"遗留下来的"大而空"的问题，在预设的框架中填充着平面化的人物形象、画蛇添足的神话氛围和失真的细节，在观念上也常常陷入宿命论、历史循环论和虚无主义的陷阱。随着超文本写作、互文性写作、多视点叙事、戏仿修辞在小说创作中的普遍化，越来越多的作家喜欢玩新花样，沉迷于那种煞有介事的文体障眼法，让人眼花缭乱。说到根子上，这种换包装式的文体，绝对不是什么创新，恰恰是创新能力低下的表现。当然，这些手法并不是不可以借鉴和采用，而是不应该这样囫囵吞枣、一窝蜂地机械复制。

三、保护文体的多样性

在20世纪80年代的文学格局中，文体关系还相对平等，不少作家还怀有探索文体多样性的艺术激情，他们对于诗歌、散文文体并无偏见，遵体和创体仍然是他们文体意识的两极。80 年代中期崛起的先锋文学，以其高扬的审美激情挣脱小说文体统一化、强制性原则的束缚，先锋作家以其自觉的文体意识展示自己的艺术个性和主体意识，将主体独立的审美追求作为选择文学形式的出发点。进入 90 年代以后，在商业化潮流的冲击之下，知识分子的价值立场产生明显的分化，在各种功利诉求的夹击之下，具有原创性和突破性的形式探索难以为继，取而代之的是混搭式的花样翻新，文学创作的主流向故事和写实回归。从林白、陈染的私人化写作到以郭敬明、韩寒为代表的青春写作，从小女人散文到旅游散文，从下半身诗歌到口水诗，非文学因素成为左右文学体式的支配性力量，文体的自主性正在日益丧失。

在文化生态学的视野中，不同的文体类型可以视为一种特殊的文学种群，是诸种文学要素不同组合形式的集合体。文体种群不是不同文体的简单相加，它们在互动共生中形成一个整体，甚至表现出单一文体不具有的特性。文体和生命体有相似的特征，单一文体如骈文、辞赋都走向衰落，但作为种群的文学文体在顺应时代变迁的调整中，却会焕发出新的活力，常常会有文体交融催生的新文体取而代之。在文体的发展过程中，不同文体之间的能量交换、信息互动和精神传承，是文体创生的核心动力。生物多样性是生态学中的核心概念，意即"生命的丰富度与多样性"，"生物多样性是数量与差异的共同表达"[①]。生存条件的丧失，人为的干扰，过度开发都可能破坏生物的多样性。文体多样性是衡量文学文体总体发展水平的核心指标。

长篇小说的一元独尊，必然损害文体的多样性。长篇小说创作和传播无节制的扩张，也必然导致长篇小说写作丧失艺术难度，陷入机械的、粗糙的、循环的复制，在低水平重复中满足于数量的堆积，忽略品质的提升，在无休止的利益榨取中被卷入向下的漩涡，功利意识和消费文化的泛滥，阻断了文体创新的探索之路。而其他文体由于得不到重视，在长期的依附性状态中必然走向萎缩，这也使得长篇小说难以从相邻文体的刺激中得到新的启示，失去不同文体相互激荡的内在活力。因为不同文体之间缺乏相互碰撞和深入交流，主导性文体的发展就缺少外在的竞争和刺激，文体的潜在可能性就容易受到抑制，在一个相对封闭的空间中自我膨胀。

文学发展要有可持续性，必须保护文体的多样性。首先，要维护文体的独立性。文体的类型划分，是对文体的差异性的尊重。李广田说得好："如把散文比作行云流水，那么小说就是精心结构的建筑，而诗则为浑然无迹的明珠。"同时，文体的这种差别和独立性又不是绝对的，它们立足于差异性的共生互补，又带来了单一文体内部的丰富性："因为散文之中有偏重描写的，有时就近于小说，又有偏重说明的，有时就近于理

---

① Andrew S.Pulin：《保护生态学》，贾竞波译，高等教育出版社 2005 年版，第 4 页。

论，又有偏重抒情的，有时也就近于诗了。"①

当长篇小说以其独尊地位压迫其他文体的发展时，文体的差异性就会受到无形的抑制和伤害，边缘文体甚至以扭曲自己的代价，向中心文体靠拢。上世纪90年代以来诗歌写作中抒情性的减弱和叙事性的增强，散文写作中流行的虚构笔法，以及越来越多的诗人、散文家转行写小说，都表明长篇小说如同一个巨大的漩涡，在其强大引力的裹挟下，缺乏定力的作家们很难坚持自己的航向。钱钟书在《中国文学小史序论》中认为："吾国文学，横则严分体制，纵则细别品类。体制定其得失，品类辨其尊卑。"②面对中国古代文体壁垒森严的历史进程，钱钟书主张应当学习西方文学，尊重文类的多元性。文体等级意识的盛行，必然导致文体发展的不平衡。长此以往，边缘文体就会丧失其必要的独立性，成为依附性文体。也就是说，过度膨胀的等级意识会导致文体发展的趋同倾向，同时，作家在追逐文体风尚的过程中，主动放弃了自己的文体趣味和艺术个性。

尤其值得重视的是，尽管长篇小说在文学文体中君临天下，但是，面对影视剧和网络在线游戏，长篇小说的文体独立性同样面临危机。在各级宣传部门和文学组织机构的眼中，影视的传播力量显然要大大高于长篇小说的千言万语，那些作品

---

① 李广田：《谈散文》，许觉民、张大明主编《中国现代文论》下册，安徽教育出版社2010年版，第720页。
② 钱钟书：《写在人生边上·人生边上的边上·石语》，生活·读书·新知三联书店2002年版，第95页。

被改编成电视连续剧并进入央视黄金时段的作者，真可谓名利双收，并且获得了相应的政治荣誉。面对影视改编和游戏改编带来的高额报酬和世俗影响，许多作家放弃了艺术品位，委曲求全。脚本化、视觉化的写作越来越流行，不少长篇小说由影视剧本或游戏脚本改编而成，分镜头剧本的场景转换取代了小说作为语言艺术的视角调整，戏剧冲突和人物对话将文学描写、心理开掘挤得无影无踪。当语言艺术成为视觉艺术的附庸，长篇小说也不幸地成为影视的资源库和动态影像的文字说明。随着《诛仙》、《星辰变》、《盘龙》、《斗罗大陆》、《兽血沸腾》、《凡人修仙传》等网络玄幻小说被改编成网络在线游戏，越来越多的网络写手将网络在线游戏打怪升级的结构模式简单移植到文字作品中，而情节模式则是清一色的"屌丝"变身"大神"的传奇。在这样的情境中，过度的脚本化写作正在动摇长篇小说文体的独立性，也在不断侵蚀作家的想象力与独创性。

文体独立的根本内涵，是作家以其自身的独立性保护文体的独立性。文体的独立性并不是文体自身能够自动获取的。文体的独立最为直接地受到文体关系的影响，但更为强大的力量是政治、商业和文化。文体寄生现象的根源是作家屈服于强势的政治、商业和文化力量。从"十七年"到"文革"，文学"写什么"和"怎么写"，作家个体缺乏自由选择的空间，文学创作成为一种抑制独立声音的时代合唱。从20世纪90年代以来，威胁文体独立性的力量更多地来自种种现实利益的诱惑。也就是说，如果作家缺乏独立人格，其文体也无法具备内在的独立性。滋养文体独立性的精神源头，是作家自由的人格和自由的创作心态。

其次，文体独立不能走向文体封闭，应该在文体平等的基础上探索文体交融的可能性。按照标准范式陈陈相因的文体，必然会走向衰落乃至僵死。文体具有守护其核心特征的自律功能，比如小说的虚构性和散文的真实性就是两种文体的根本性差别，如果以小说讲述真实故事，以散文来虚构现实图景，不仅会导致文体的越界，还会带来真假的混淆。中国古典文学中有"以文为诗"的传统，但是，高明的诗人在将议论融入诗歌时，都会特别谨慎，枯燥而晦涩的议论会导致诗体的混杂，使情韵黯然失色，削弱作品的感染力。优秀的哲理诗往往会寓情于理，就在于艰涩的哲理会使诗作变得凝滞，缺乏灵动的神韵，很难直抵人心。

文体的交融共生并不是随意出现的，它是历史契机、文学环境、文体关系共同推动的结果。而且，中国当代文学文体的发展也具有自身的传统和特色，和西方文学的文体演变有所区别。譬如，小说散文化的演进，就为中国现当代文学史留下了不少名篇佳作。从废名、沈从文、萧红到孙犁、汪曾祺、林斤澜，他们如同在蜿蜒的长河中接力的舟子，文脉绵延，又各有特色。关于散文化小说，汪曾祺打过一个非常经典的比方："大概传统的、严格意义上的小说有一点像山，而散文化的小说则像水。"① 值得注意的是，结构松散也是散文化小说很难

---

① 汪曾祺：《无事此静坐》，辽宁人民出版社 2007 年版，第 375 页。

绕过的陷阱，成功的文体大家在松散中不失掌控，当行则行当止则止。遗憾的是，市面上流行的不少散文化小说，结构上往往是一盘散沙。与此相映成趣的是散文的小说化。不同文体之间的良性融合，其根本原则是取长补短。关于小说家的散文，李广田有这样的评价："因为作者是小说家，他们偶尔写散文，也就有了小说的长处：比较客观，刻画严整，而不致流于空洞，散漫，肤浅，絮聒等病，——而这些却正是散文所最易犯的毛病。"[1] 还是以《我与地坛》为例，王彬彬认为史铁生在作品中表达自己撕心裂肺的真实情思，没有"虚构"的成分，在本质属性上是散文。但是，在谋篇布局和人称转换方面，又明显地借用了小说笔法，作为"小说家"的史铁生"不知不觉地把一些'小说手法'用于《我与地坛》的写作，是《我与地坛》特别感人、特别成功的一种原因"[2]。

文体的交融共生会跨越文体的边界，但并不是取消文体的边界。1999 年，《大家》开设"凸凹文本"，《莽原》开设"跨文体写作"，《作家》开设"艺术中的修辞"、"读·看·听"、"作家地理"等栏目，不约而同地倡导跨文体写作。《中华文学选刊》更是在 2000 年开设了"无文体写作"栏目。事实上，在"跨文体"的旗帜下，不少刊物只是给随笔换了一种新的包装。由于小说文体所处的中心地位，"跨文体"潮流最深入的影响还是体现在小说创作上，至今余波

---

[1]　李广田：《文艺书简》，香港港青出版社 1979 年版，第 42 页。

[2]　王彬彬：《〈我与地坛〉的小说嫌疑》，载《小说评论》2003 年第 4 期。（作者单位　南京大学中国新文学研究中心）

不息。在尊重和理解诸种文体法则的基础上，将不同文体的艺术元素进行创造性的融合，从而打破文体规则的束缚，在对文体的松绑中寻求新的艺术空间，这样的"跨文体"确实可能为文体发展注入新质，带来审美的新突破。遗憾的是，在文体等级意识的渗透之下，不少采用跨文体策略的"小说"只是一种大杂烩，以后现代的拼贴手法，把故事、史料、新闻、日记、言论、书信都掺杂在小说中。小说尤其是长篇小说成为一种无边的文体，散文、诗歌、戏剧和其它实用文体都可以作为小说的组件，被组装和改造成小说，这种现象也正是"长篇至上"的文体尊卑观念的典型体现。张贤亮的《我的菩提树》以意识流手法表现当代知识分子的心态沉浮，由一则则日记和对日记的注释构成，但这部小说的构思显得比较随意。余华的《第七天》写了一个亡灵杨飞的七日见闻，在文体上有较为明显的散文化倾向，尤其值得注意的是网民所概括的"新闻串烧"现象，性丑闻、强拆、强制引产、暴力审讯、上访、卖肾、毒大米等等新闻片段，通过杨飞的游魂被拼贴在一起，文本杂糅而松散。阎连科的《炸裂志》借用了地方志的文体来讲述从炸裂村到炸裂市的炸裂式发展历程，但这部作品是一部"伪志"，地方志的外衣并不能掩饰文本的一些粗疏之处。当"跨文体"变成一种形式游戏，文体的界限变得模糊不清，作品的难度和深度都会被削弱。

　　只有以文体自觉推动文体的交融共生，才能保护文学文体生生不息的创造活力。不同文体在反复的碰撞与对话过程中，有可能催生崭新的文体，也即变体。但是，文体之间的交融共生，更常见的是通过吸收其他文体的成分，保持内在的活力，促进自身的新陈代谢。这种文体之间的融通，为文体注入新的元素，开拓边界，丰富内涵。因此，当代长篇小说要健康发展，相关的文学主体一方面要主动从其他文学文体中吸取营养，另一方面要摆脱脚本化写作的依附状态，捍卫长篇小说的尊严。

我希望我们的作家可以写得慢一点，写得少一点，写得短一点。我期待作家们通过共同的努力，打造汉语文学人无我有的特色，确立自己别无分店的艺术个性，建构长篇小说的精致品格。

第五届

"个人经验"和"小说新闻化" ①

方 岩

一

"个人经验"之于小说的重要性，是个常识性问题；"小说新闻化"则是近些年小说创作中的一种病态。正是因为后者的病相愈发严重，从而使得前者成为一个需要重新提起的知识。在 2015 年发表或出版的部分长篇小说中，有的成为这种病态的新案例，有的则在常识性问题上探索了新的可能，为这个文体挽回了尊严。结合具体的文本，上述问题可以得到深入细致的讨论。

---

① 原名《"个人经验"和"小说新闻化"——以 2015 年的几篇长篇小说为例》，刊于《中国图书评论》2016 年第 4 期。

二

在 2015 年，路内与周嘉宁有过一次关于长篇小说的对话。在这次对话中，路内说："我其实非常羡慕你写小说的这样一个状态。我曾经用过一个词来讲一个作家的自我照亮、通过自我反射世界，这个词叫心解，即用心去解释。"[①] 路内谈论的虽然是周嘉宁的长篇小说《密林中》[②]，然而在我看来，"心解"其实是重提个人经验的重要性，这事实上是对近年来长篇小说基本品格缺失的提醒：在这个价值观、审美趣味日益趋同的时代，如何重建个人经验与世界的关系；如何重申个人经验之于"虚构"（长篇小说）的合法性。《密林中》也正是这些问题上凸显了自身的意义。

《密林中》是一部出色的作家精神自传。这部作品的卓越之处表现在两个方面：一方面，周嘉宁执着于个人经验的反复书写，但是这种反复并不表现为具体情境中的某种情绪的凝视和放大，或者说，并不表现为在具体情绪中的沉溺和封闭。周嘉宁不断"反复"的是关于文学观念、关于写作实践的思考和调整，以及这些言行与自身生活状态、精神历程相互影响的过程。因此，这些绵密、繁复的个人经验实际上始终保持了流动性、开放性的、探索性，只不过是以一种朴拙甚至滞重的形式

———

① 周嘉宁、路内、黄德海：《世界的一半始终牢牢掌握在那些僧侣型作家手中》，《澎湃》2015 年 11 月 23 日，http://www.thepaper.cn/www/v3/jsp/newsDetail_forward_1400209

② 周嘉宁：《密林中》，广西师范大学出版社 2015 年版。

表现出来。以这种形式表现出的叙事进程倒是非常符合一个有追求的作家极其缓慢、艰难甚至可能倒退、停滞的成长过程；另一方面，虽说历史进程、社会文化构成等宏大因素确实不是周嘉宁的关注重点，然而我们依然能清晰地辨认出上述因素对其写作及其所要处理的经验形态的影响。如，QQ、MSN等即时交流工具的聊天内容取代传统意义上的对话描写，论坛成为小说中人物交流、事件发生的主要场所等，触及的都是信息传播的方式、人际交流方式/伦理、情感表达方式、认知世界的视角/价值观等方面的变化，在根本上则是关于具体历史情境的"总体特征"的感性认知。这在小说的物质层面表现为叙述语言、文体思维与社会文化构成的相互影响；在精神层面则表现为个人经验与历史进程中某个代际群体精神症候、生存图景的普遍性的关系。

学者张新颖看重的亦是《密林中》的上述特点："（她）似乎一直深陷在她这一代人的经验里面，这一代人的经验当然首先是个人的经验，想象和虚构也是基于这样的经验。读她的文字，会强烈地感受到文字和个人之间的关系。这种关系，才是写作发生、进行和持续的理由。"[1] 可见，《密林中》的意义，不仅在于它如何出色地将个人经验视角中的世界图景铺陈在一部长篇小说中，即如评论家行超所总结的那样："'个

---

[1] 张新颖：《煅冶尚未成形的经验——〈密林中〉序》，《文艺争鸣》2015 年第 11 期。

人'即是'世界'"①；而且在于，它的存在将近年长篇小说创作中一个很严重的病相映照出来。如张新颖所指出的那样："我之所以要提出这一点，是因为有大量的写作，我们看不到和写作者之间有什么关系，看不到写作的必要性和启动点。倒不是说作品里面要有'我'，而是说，写作者和写作之间，不能不有或显或隐的连接，哪怕你写的是外星球。"②事实上，这样的病例很容易在 2015 年的长篇小说中找到。

具体而言，我们反复谈论《密林中》无非出于以下几个原因：首先，侧重"个人经验"的书写并不必然保证作品的成功，然而"个人经验"却关乎文学的本质。所以，当我们认为《密林中》是近年来长篇小说佳作之一时，在广泛意义上指的是，这部小说捍卫了个人面对世界发言的权利，哪怕这声音是微弱的，私密的，甚至是排斥的。从微观层面，它重申的是主体在虚构疆域的霸权、中心位置，无论作者关心的是何种层面的问题，所有的经验都必须经由"主体"的重构。其次，这本是一个常识问题，并无多少玄奥和深刻的道理。只是因为近年来的长篇小说的整体颓势，它又重新成为一个不得不谈的问题。如果说，当代文学史曾发生过大规模的个人经验的消失和主体的退场，在很大程度上是意识形态规训的结果。那么新世纪以来长篇小说中"主体的消逝"，却是一个主动撤退的结果。

---

① 行超：《"自我"即是"世界"——周嘉宁小说论》，《西湖》2014年第 11 期。
② 张新颖：《煅冶尚未成形的经验——〈密林中〉序》，《文艺争鸣》2015 年第 11 期。

三

在余华的《第七天》之后，"小说新闻化"已经成为当下长篇小说的顽疾。在《第七天》引起争议之后的两年，东西的《篡改的命》①在 2015 年的文坛上收获了诸多的赞誉。这是否意味着当代文坛已经默认小说确实需要社会新闻来拯救，而这并不会损毁小说这种文体的肌质，甚至会认为这是小说文体的新突破？

《篡改的命》共七章，每个章节都用了一个时下流行的词汇作为标题，如"屌丝"、"拼爹"等，这些词汇清浅直白地宣示着每个章节的叙事内容与读者所熟知社会现象的对应关系，以及作者的价值取向与大众关于这些社会现象的基本态度之间的同构关系。小说的内容也并不复杂：农民的后代汪长尺在高考录取时被官二代冒名顶替，命运从此被篡改。汪长尺的一生始终徘徊于社会的最底层，期间经历了迫于生计为富人子弟顶罪、工伤与"跳楼"式索赔、妻子卖淫等，最后他把孩子送给了一家有钱人，希望孩子的命运就此被"篡改"。无疑，这是一个控诉权力与资本掌控社会、阶层流动固化的故事。在创作动机、故事内容、情感取向、价值判断等方面，我们都无法挑剔其无比正确的政治正确性。只是就一部小说的阅读反应而言，我们只是心照不宣地看到一个又一个社会新闻如何巧合而戏剧性地叠加在同一个人身上。如果说，《第七天》里设置

---

① 东西：《篡改的命》，《花城》2015 年第 4 期。

了一个"鬼魂"来收集、讲诉各类社会不公的新闻，那么《篡改的命》无非是设置了一个人物来充当这些事件的受害人。这两部小说分别代表了当下"小说新闻化"的两种典型。

作家迫不及待地把新闻素材加以戏剧化处理，迅速进入公共领域，无非是试图证明在各种媒介／话语相互竞争、多元共生的时代里，文学作为一种重要的媒介／话语，依然保持了它充沛、积极的政治参与和社会关怀的品格。从这个角度来说，作家的道德追求和政治诉求确实无可厚非。但是这种描述却掩盖了一些问题的实质。首先，作家作为公民个体的社会政治参与，与以文学的形式参与历史进程和社会建构，两者之间存在关联却终归是两个层面的问题。作家若为凸显自身的政治／道德诉求，而把小说处理成类似于新闻的同质性话语，他动摇的是文学本身的合法性，从写作伦理的角度而言，这本身就是不道德的。不可否认，当下中国的经验复杂性远远超出我们日常经验范围之外，甚至很多匪夷所思的事件会倒逼作家反省自己的想象力。然而这都不足以构成模糊"现实"与"虚构"、"小说"与"新闻"之间基本界限的理由。抛开更为复杂的理论描述，如果把文学仅仅视为一种话语类型，当它与其他话语类型共同面对同一种事物时，它需要在其他话语类型相互竞争相互补充的关系中，提供另外的可能性。这可能是我们关于文学最基本的要求。比如，在反思极权的问题上，我们既需要以赛亚·柏林的思辨，也需要乔治·奥威尔的想象力。其次，"小说新闻化"的现象往往出自名家之手，而这些作品也会毫无悬念地在文学场域中获得赞誉。发生这种现象的症结并不复杂：这种现象的发生本身就是作家们控诉的权力和资本在文学场域运作的结果。具体而言，这些作家凭借早些年的优秀作品树立了自身在文坛的地位和声誉，文化象征资本的原始积累便得以完成。以小说的形式谈论社会热点，既能在公共领域树立作家高尚的道德形象，也是写作迅速被大众关注的便捷途径。于是，我们看到，一方面是粗糙的作品在文化象征资本的运作下熠熠生辉，一方面是作家沉寂数年后重返文坛中心使得文化象征资本又得到以扩张。这是一个反复循环的过程，也是当下文坛的典型病相之一种。每年年底的各类文学排行榜包括各类大大小小的文学评奖是推广优秀作品的方式，还是作家文化象征资本影响力排行榜，这确实是个问题。

新闻之于小说的诱惑力像是一种病毒，它在 2015 年感染了更多的作家，甚至会产生新的病毒形态。刘庆邦的《黑白女人》①便是一个例子。《黑白女人》讲述的是矿难家属如何重建生活的故事。这是一个极具挑战性的话题，因为它即涉及到国家制度、政府职能运作，又涉及世态、人情。然而，刘庆邦最终把这个极具话题性的故事处理成了主流媒体报道"灾后重建"的长篇新闻通讯。整部小说像是关于受难者家属日常生活的流水账，这或许只事关作者描述经验时的才情和技巧。但是角色功能的设置却直接关乎作者的价值观。至少在《黑白女人》中，我们看到主流媒体的处理灾情报道时的叙述框架及其背后的意识形态对其创作的影响。或许灾变之后的生活重建意

---

① 刘庆邦：《黑白女人》，《中国作家》2015 年第 4 期。

味回归日常，但是这种日常毕竟是巨大灾变后的日常，所以，这日常的另一面或许就是危机四伏。这既是世态常情，也是叙事的可能性和不确定性。但是两个角色的出现彻底将这个故事拉回到主流新闻的腔调。这个两个角色分别是工会主席和一位旷工的遗孀，后者还曾是一位教师。前者总是及时处理了受害者家属的现实困难，而后者则现身说法经常帮助其他遗孀进行心理疏导。不难看出，这两个角色分别对应了新闻报道中"政府高度重视"和"热心群众"/"民间力量"，这些让"灾后重建"焕发出昂扬的乐观主义基调；具体到文本内部，这两个角色则可以消弭任何层次的情节冲突，从而让叙事牢牢地限定在政治安全的边界之内。由此引发的问题是，在长篇小说结构和角色设置与主流新闻报道模式高度相似的情况下，刘庆邦复述这个"家属情绪稳定"的故事意欲何为？

如果更年轻的作家传染上这种病毒，这将是一件令人绝望的事情。盛慧的《闯广东》①封面上写着一行字"这不是一个人的奋斗故事，而是一代人的烈火青春，堪称当代版的《平凡的世界》。"这样的题目和推荐语都在表明，这部小说定位于讲述在时代大潮中个人奋斗终获成功的励志故事。我并不反对长篇小说故事类型的多样性。这行为本身是值得敬佩的，毕竟，在这样一个时代里，书写光明和理想确实是一个有难度的尝试。而事实证明，盛慧确实没有实现推荐语里所标榜的高度。或许我们已经习惯雷同的经历在不同的打工者身上发生，

---

① 盛慧：《闯广东》，花城出版社 2015 年版。

甚至是具体情境、故事情节、人物关系都那么相像。我们甚至可以忽略新闻素材对这些故事的干扰，去寻求更为值得讨论的现象。然而结果却是，个人奋斗的成功不是因为体制所提供的正常上升渠道，或者说并非来自制度的保障，而是来自上层社会的赏识和慧眼识珠，这个阶层恰恰又是与造成打工者们苦难的制度是一种共谋关系。这样类型的励志故事难念令人不安想起那些前现代的道德说教故事，个人努力总会获得神赐或贵人相助。这样的价值观所试图消除的是，现代社会中个体与制度复杂的互动关系，以及个体在现实语境中清醒的自由意志。简而言之，"个人奋斗"是一个现代性的故事，而非个人言行自我完善的道德故事。如果年轻的作者秉持如此陈旧的价值观去书写这个时代的挫败与关荣，我们很难想象理想主义在当下重新扎根的可能性。

四

在与"小说新闻化"的有关的小说中，话题大多集中于阶层、权力、资本、制度等层面，它们是当下中国结构性、体制性矛盾最重要的表征。它们并非遥不可及的抽象概念，而是切切实实地构成了我们当下生存最基本的语境，渗透在日常生活的细节中，与我们的生存焦虑和不安全感、我们的言行、价值形态变化有着直接而又千丝万缕的联系。因而，这些庞然大物在小说中也未必非要直接体现为官员、富豪等符号，它们对普通人的冲击也并不总是表现为泾渭分明的阶层对立，或赤裸裸的压迫和暴力。所以，对于无法避而不谈的问题，最重要的便是如何在"虚构"中更好地谈论它。王十月的《收脚印的人》[①]或许能给我们带来一些启发。

如小说题记写的那样："依然，此书献给被遮蔽的过往"，王十月想讨论的是盛世背后的原始积累，歌舞升平面纱下的历史真实，大到经济繁荣小到个人成功的源头和历程。简单说来，这是一部追述／审判资本、权力原罪的小说。它在形式、内容、细节等方面的出色表现，让这个看似并不新鲜的话题重新散发出深刻的意义。

小说的叙述者是一位作家，他需要在一场司法鉴定中通过讲诉自己的经历来证明自己并非是精神病患者，而且这场司法鉴定的举办的目的却是为了证明他确实是患者。限制性的自叙视角和"悬疑"的叙事效果，便构成了小说叙事结构的第一个层次。

在具体的叙述过程，作家同时又在不断强调自己是个"收脚印的人"。"收脚印"的说法来自作家故乡楚地的传说，据说将死之人会在死前的一段时间里，每到入睡之后，灵魂便飘荡至人生经历中的某些具体场景中去捡拾自己的脚印。于是，全知全能的叙事视角和荒诞魔幻的叙事效果，又构成了小说叙事结构的第二层次。

两个层次的结合，使得叙事者能够从容地在现实／虚构、过去／未来、全知／未知／限制中自由切换；如果同时考虑到

---

① 王十月：《收脚印的人》，《红岩》2015 年第 4 期。

这是一场自证清醒的自述，叙事者还能根据叙事需要随时插入其他类型的话语，如抒情、思辨、议论等，甚至可以毫无障碍引入作家访谈、新闻材料、网络语言等。由此，一段可能冗长、平淡的自叙便显具有开放性、可读性。

小说的主要内容以作家自叙自己从打工者到作家的成长经历为主。得益以叙述结构的开放性和自由度，在自述的经历的同时，那些与他的经历的有关其他人物及其经历也从容不迫的进入叙述视野，这些人大多是自己当年的工友，有的已经消失（死亡，失踪，失联），有的依然如故，有的则完成身份转变（官员，商人）。于是，这个以个人经历为主的叙事其纵深度和视野均得到极大的扩展，从时间上来说，个人经历与一个群体／阶层的分化联系在一起，从空间上来说，个人经历又与各个群体／阶层的生活产生交集。需要提醒的是，这份自述的人生经历中的某些重要的转折点，本身就是改革开放进程中某些重要政策调整的结果。由此，个人经验、群体经历、阶层分化都与具体的历史进程产生关联，这些经验在叙述形式的带动下在文本中形成了紧张的互动关系。因而，王十月所试图实现的写作诉求，最终都落实在复杂、具体的经验上。

最后，我想强调的是，个人自述中的身份转变这个问题。身份转变其实是世俗意义上成功。这个过程其实便是从制度的受害者到制度的共谋者的过程，这个过程也是权力、资本缓慢滋生的过程。从叙事的角度来，"成功学"的叙事是一种限制性视角叙事，它遮蔽隐藏了部分历史的真实，而"收脚印"所具备的全职全能视角则是一种祛弊、还原的过程，正如我们在文本中经常能够看到，"收脚印的人"的灵魂飘荡在具体情境的上空，事件的细节尽收眼底。事实上，这不仅是一个回溯、描述历史真实的过程，也是把自身拉回历史深处进行自我反思、自我审判的过程。尤其是后者，把自我重新放置会具体的情景中，实际上呈现的是一种与历史同谋的状态，由此，所有的宏大的批判和控诉都落实在坚实的自我批评自我批判基础之上。而构成自我批判内容的正是那些内容饱满、细节充沛的个人经验。也正是因为这一点，使得《收脚印的人》成为同类作品中少有的清醒、深刻之作。

韩东诗歌论

小　海

　　内容摘要：本文作者作为韩东诗歌创作实践的见证者，结合梳理韩东诗歌创作的历程，主要论述了韩东诗歌在各个时期的风格形成与转型的内在因素，和他作为第三代诗人的代表之一，对八十年代诗歌语言范式的革命性嬗变所发挥的核心作用以及新世纪以来为中国当代诗歌提供的新的美学经验。通过分析韩东的诗歌实践，作者也深入探讨了当代诗歌中的语言等问题。

　　关键词：韩东诗歌　第三代诗人　语言革命　诗歌经验

　　韩东是新时期中国诗坛有重要影响力的一位诗人，他的创作纵贯上世纪八十年代、九十年代和新世纪。虽然他从 1990 年代以后，主要创作方向放在了小说上，但他的诗歌创作保持了一以贯之的先锋与实验精神，为中国当代诗歌提供了新的美学经验，值得引起关注。

一

韩东诗歌创作始于上世纪八十年代初的大学时代。据他八十年初向笔者介绍，他从 1980 年阅读《今天》，随之开启了自己的诗歌写作之旅。那时，他是个典型的愤世嫉俗者。当时，全国正在开展一场空前的思想解放运动，他似乎对政治和诗歌有着双重的热情。其间，他参加了山东大学"云帆"文学社和南京"太阳风"诗歌社团，写下了题献给张志新和遇罗克两位烈士的诗歌。从 1981 年开始，他在《青春》、《诗刊》等刊物上发表了《昂起不屈的头颅》、《山民》、《山》、《老渔夫》、《女孩子》等诗歌作品。其中，组诗《昂起不屈的头颅》，获得过南京《青春》杂志（《青春》杂志八十年代初期曾被誉为文学界的"四小名旦"，发行量曾高达 70 万份。）①的优秀诗歌奖并一举成名。从主题到创作手法，这批诗很显然受到"朦胧诗"一代人尤其是北岛的影响，诗歌蕴含着悲壮的个人英雄主义的寓意，这在精神性上与食指、北岛、江河等是一脉相承的，使用的也自然是当时流行的崇高理念式的意识形态话语范式。但是，这种沉重的历史感既是一块天外来石，也是长期郁结于胸的一块心理结石，让他在以后的创作实践中有

①　参见韩东：《他们》或"他们"，载《天南》（文学双月刊，欧宁主办）2011 年第三期"诗歌地理学"专辑。

了较长一段时间的消解期。这和他在大学毕业后分配至西安工作几年间孤寂、落寞的生活有关，其诗歌风格的明显转向可资佐证。这期间，他主编了民间诗刊《老家》，团结了国内一批新锐作者，除了江苏诗人小海外，基本是他在山东大学求学时的同学，包括小君、杨争光、王川平、吴滨、郑训佐等人，还有他所任教的陕西财经学院出身的诗人如丁当，以及陕西本地的诗人、评论家沈奇、徐晔等人。与此同时，他也在为《同代》（封新城主编）、《星路》等民间刊物撰稿。

韩东诗风的真正转变是1982年前后（他从山东大学哲学系毕业分配至陕西财经学院任教这个时间段），其标志就是《有关大雁塔》、《你见过大海》、《一个孩子的消息》、《我们的朋友》等一批惊世骇俗的诗歌的产生。这种转变其实是对"朦胧诗派"的反动，是一场"打倒父亲"运动的发起，而且首先是从语言形式上开始觉悟，可以讲是一场语言革命的开端，但也是一种矫枉过正。其中《你见过大海》，可谓登峰造极：

你见过大海

你想象过

大海

你想象过大海

然后见到它

就是这样

你见过了大海

并想象过它

可你不是

一个水手

就是这样

你想象过大海

你见过大海

也许你还喜欢大海

顶多是这样

你见过大海

你也想象过大海

你不情愿

让海水淹死

就是这样

人人都这样

　　笔者至今还记得当年在海安乡下老家收到他创作完成后第一时间寄来的这首新作时，为之振奋、着魔的情景。首先是在语言上，他选择了最普通、素朴和结实的语言——口头语。正如人类最早的诗歌源于口头语，其后才付诸文字记载一样，用这种不事雕琢、不经文学演绎的口头语，来表达既作为现实存在的个人内心情感，同时也是基本的世俗生活经验的"你不情愿／让海水淹死／就是这样／人人都这样"。整首诗的结构寓于不断强化了的直白式的心理节奏之中。诚如庞德所言：技巧是对一个人诚实的考验。他诗歌中运用的技巧似乎就是语言的自然延续。不用技巧的"讲大白话"，显示了新一代诗人的语言风范，也透露了这一代诗人努力遵循的真实的生存原则，从而彻底抛弃了当时诗歌中盛行一时的苍白的英雄主义和空泛的理想主义，表明了以他为代表的新一代诗人已拿出足够勇气，以自己独到的艺术方式来直面现实生活的全部真实。

韩东以直抒胸臆来表明这种决裂姿态，代表了新一代诗人步入当代诗坛所采取的斗争策略、明晰基调和价值判断。这种石破天惊的削繁就简，层层推进、锐不可挡的气势以及对诗歌又一种语言形而上的追求，绝不是用"平民意识"、"世俗性"、"口语写作"能一语蔽之的，意义显然不止于此。笔者认为，"平民意识"、"世俗性"、"口语写作"这些评论家贴上的标签，只不过是他的诗歌所带来的一个副作用。他真实的贡献在于：首先，在这种诗歌中，剔除了流行的主流诗歌中强加的伪饰成分，使之从概念化、模式化的语言回复到现实生活中的本真语言，并具体到诗人个体手中；其次，他使诗歌这种古老的艺术品种从矫情泛滥回到历史源头、回到表意抒情的初始状态。可以讲，他无意中完成了对现行诗歌语言的颠覆和内部革命，是对诗歌语言本体的最早觉悟者。在韩东的《大雁塔》中，有对"朦胧诗"派代表诗人之一的杨炼同题诗歌"文化史诗"话语方式的嘲弄与解构：

我被固定在这里
已经千年
在中国

古老的都城

我象一个人那样站立着

粗壮的肩膀，昂起的头颅

面对无边无际的金黄色土地

我被固定在这里

山峰似的一动不动

墓碑似的一动不动

记寻下民族的痛苦和生命

沉默

岩石坚硬的心

孤独地思考

黑洞洞的嘴唇张开着

朝太阳发生无声的叫喊

……

我说心在汩汩地淌血

一次又一次，已经千年

在中国，古老的都城

黑夜围绕着我，泥泞围绕着我

我被判卖，我被斯骗

我被夸耀和隔绝着

与民族的灾难一起，与贫穷、麻木一起

固定在这里

陷入沉思

——节选自杨炼《大雁塔》

有关大雁塔

我们又能知道些什么

有很多人从远方赶来

为了爬上去

做一次英雄

也有的还来做第二次

或者更多

那些不得意的人们

那些发福的人们

统统爬上去

做一做英雄

然后下来

走进这条大街

转眼不见了

也有有种的往下跳

在台阶上开一朵红花

那就真的成了英雄——

当代英雄

有关大雁塔

我们又能知道些什么

我们爬上去

看看四周的风景

然后再下来

——韩东《有关大雁塔》

对上述两首同题诗的比较阅读，能够看出"第三代诗人"
与"朦胧诗派"诗人们在思想旨趣和美学风格上的巨大反差，
即思想立意上的反文化趋向和美学趣味上的反崇高，用貌似游
戏的态度来调侃与解构当时诗坛上流行的宏大史诗叙事的苍白
与无效。笔者早年也曾听他聊起过《有关大雁塔》与杨炼作品
《大雁塔》的"渊源"关系。韩东曾这样表述过杨炼的一次南
京之行及对他作品的看法："杨炼不是来访，而是钦差巡视。
他是《今天》诗人群中重要的诗人，我等不由仰视。酒肉款待
是免不了的，我们还陪他逛了夜色中的南京长江大桥。那时的
杨炼身材颀长，面目清秀，但我不喜欢他的所谓史诗，因此暗
自刻薄评论：像个县级文工团跳舞的。"① 因此，《你见过大
海》、《大雁塔》、《我们的朋友》、《一个孩子的消息》等
一批诗歌其文体的突变、抒情的范式、感情的强度，都是在对
"朦胧派"诗人的嘲讽中完成了自身的超越，并令时人耳目一
新。

我们知道，在"朦胧诗派"一代诗人中，杨炼是一位有着
国际背景和西方诗学修养，可以对着世界地图写作的诗人。他
出生于瑞士伯尔尼，长期旅居海外，写诗也译诗。在中西两种

① 参见韩东：《他们》或"他们"，载《天南》（文学双月刊，欧宁主
办）2011 年第三期"诗歌地理学"专辑。

文化资源中游走，使得他的诗歌创作具有了中西文学彼此参照的互文性特点。而韩东在对杨炼同题诗歌貌似轻松的"戏拟和仿作"中，完成了他的"语言革命"。但这绝不是一种简单的文本转换或派生。这种有趣的互文关系曾被法国热拉尔·热奈特用"超文性"一词来加以描述[①]。而笔者认为他们的写作无疑更符合戴若什关于世界文学的"三重定义"：世界文学是对各民族文学省略式的折射；世界文学是能够在翻译中得益的创作；世界文学不是一套固定文本的文典，而是一种阅读模式：一种与我们的时空之外的世界进行超然交往的方式。[②]

《有关大雁塔》中直指人心的语言魔力、独到的个人节奏、强悍的意志力和社会学的批评意义，使之成为第三代诗人反抗的象征。这种抛弃传统的反叛、自创新体的胆魄，使韩东的诗具有空前的尖锐性。当然，在摧毁现存诗歌创造原则的同时，必须要求诗人自身付出代价，即将自身处于没有回旋余地的悬崖绝壁，其话语方式的冒险性从创作动机和实际效果看是一目了然的。在韩东这里，语言是诗人生命的表征，而诗关乎诗歌创作者的全部生命。他说："写诗似乎不单单是技巧和心智的活动，它和诗人的整个的生命有关。因此，'诗到语言为止'中的'语言'不是指某种与诗人无关的语法、单词和行文

---

① 参见法国热拉尔·热奈特著：《隐匿稿本》，史忠义译，百花文艺出版社，2001年1月版，第12页、第42页。

② 参见张英进著：《从反文典到后文典时期的超文典：作为文本和神话的张爱玲》，收入《而译集》，林源译，复旦大学出版社，2013年6月版，49页。

特点。真正好的诗歌就是那种内心世界与语言的高度合一。"[①]
他提出的"诗到语言为止"这一革命性纲领，与第三代诗歌运动（或称第三代诗人、第三次诗歌浪潮）的兴起产生了同时性的共震关系，成为新时期诗歌的重要标识性口号。

恐怕很少再会有像上世纪六十年代出生、八十年代接受大学教育的这一代诗人、作家——以叛逆者的姿态和形象出场，信仰文学的乌托邦，成立自己的文学社团，对抗腐朽、落后的文学体制。他们各怀抱负，对文学抱有持久、私密的热情。这类渴求知音的文学小团体，有点类似美国大学中的兄弟会、姐妹会一样。他们中的一些人将文学转化为终生的职业，在市场经济大潮中，不合时宜地苦苦坚持传播着文学的理想。

为什么会出现仿佛一夜之间写诗的人比读诗的人还要多？八十年曾有过一句戏谑诗人的话：随便扔一块石头到街上就能砸破一个诗人的脑袋。因为诗歌新一代洋溢着一股乐观情绪——解放的欢欣。诗歌一下子贴近了个人和生活，"诗歌，我们所有！"她不再被少数自命不凡的诗歌专门家们所操持。口语入诗，口语写作成为时尚，被一大批新锐诗人奉为圭臬，经历了类似拉伯雷《巨人传》中的语言"高康大"广场狂欢——国王、主教、法官等被粗俗地嘲笑、捉弄、戏耍，彰显了一种强暴式的语言暴力，配之以诙谐的民间口语智慧。这是一场语言的"盛宴"。于是，诗歌社团雨后春笋般涌现，诗人呈区域性集结，诗歌宣言、主义、口号风起云涌。那些只要结果而不

[①] 韩东：作者的话，见《中国当代实验诗选》，沈阳，春风文艺出版社，1987年版。

要过程的诗人们把口语写作视作了唯一的法宝。口语写作带来的消极影响也几乎造成了灾难性后果。诗歌写作队伍的庞大与优秀作品的凤毛麟角形成了强烈的反差。回过头来看，人们不禁会问：这一切对诗歌本身的贡献何在？这就涉及到一个严肃的问题——一场轰轰烈烈的诗歌运动留下了什么？要正面回答显然不能只作简单的算术统计，如：涌现了多少诗歌社团、主张、流派、理论，等等，关键要考察优秀人物的代表性作品，在经岁月残酷淘洗后，还能留下多少经典。虽然有些优秀诗人和经典性作品与这场诗歌运动的联系并不密切，有的诗人几乎游离于这场运动之外，许多作品甚至还不为人所知。而部分裹挟于这场运动中的一些优秀诗人与社团集体氛围不相协调的，正是他们诗歌中的人格化因素和为寻找"形式面具"所作的种种努力，也使得他们在其后脱颖而出。显而易见，就这场诗歌运动对汉语诗歌的贡献而言，其任务必须要落实到具体的，甚至是个别的诗人身上来。

必须承认，诗歌中最具革命性的因素是语言。而只有最警醒、最有觉悟的诗人才能够自觉地对语言本身进行实验性探索。"诗到语言为止"，这是韩东广泛流传的一句名言。这种对语言的重新认识、重新审视是新一代诗人的共同特质。如此强调语言其实也是一件意味深长的事情。我们知道，无论是在日常生活的口头交流表达中还是在书面写作中，在没有遇到障碍与困难时，人们可能是"忽视"语言的，也感觉不到语言自身存在问题。只有当交流有了阻力，或者语言表述不清思想时，才会"口将言而嗫嚅"，出现讲话结巴、词不达意，甚至表现得语无伦次，转而关注思想与语言本身，包括表达的方式与交流的技巧等等。"诗到语言为止"，无疑使韩东成为回到语言本身这一"事件"的最早觉悟者。振兴诗歌从语言入手，给语言注入活力成为诗人们的努力方向。于是，各种语言实验方兴未艾，包括对语言构成要素的暴力性解构等等。但坦率地说，这是种铤而走险，真正的诗歌艺术并不能简单归结为一门"操作工艺"，她需要在激活语言的同时，还要善于掌握平衡、讲究控制，要求诗人有良好的驾驭语言的才能与功力。体现诗歌本质的力量并非只是急风骤雨、电闪雷鸣的喧嚣和宣泄，她寻求诗歌的各种可能性而并不囿于破坏性和极端性，她是诗歌真理和表述形式的合二而一产生的强烈驱动力。诗歌之所以是"文学皇冠上的明珠"，就是因为诗歌是语言艺术的最高体现形式。比照其他文体，诗歌对语言的感受更敏感、更锐利，更富冒险精神，也更纯粹。诗人可以说是语言任性而又合法的独裁者。但另一方面，也有读者对诗歌这一文体退避三舍，认为诗歌"高蹈凌虚"，读诗对现实生活没有实际帮助。在笔者看来，新诗的语言从一开始就使用了通约的翻新语言，借鉴了文言、口语和西方的文法、语法，尤其是拿来主义照搬了西方诗歌。百年前的中国新诗倡导者们自己身体力行，带头从事新诗的创作时，一是文法、句法参照了西方诗歌，有了"翻译体语言"样式，即便到了上世纪1930年代，梁实秋还在讲："新诗，实际上就是中文写的外国诗"[①]。二是将古体诗

---

① 梁实秋：《新诗的格调及其他》，载《诗刊》创刊号，1931年1月20日。

用现代汉语改写、翻新为更为散文化、日常生活化、口语化的现代诗。这两个路向的结合，才有了中国新诗的最初的基本面貌。之后经过几代诗人的共同探索和创造，逐渐走向成熟和多样化。上世纪八十年代的"第三次诗歌运动"在某种程度上又是返回到这两个基本路向上的一次"重启"。九十年代末诗坛上爆发的"知识分子"诗人与"民间"诗人之争，也能从八十年代以后各自的诗歌实践和诗学旨趣中看出一些端倪。

我们说，诗歌的普遍形式也许是需要提供一种更能被理解的通约的运用语言。可当这个说法一旦成立，这种通约语言本身就有了一种规定性，这是厘清后的界限与制约。熟悉和掌握这种语言技艺的诗人之间容易形成某种"内循环"，生成一种特定"文学性"的语言格局。由此，诗人们慢慢成为了一个独特的群体和圈子，因为大家使用着一种"共同的语言"。路德维希·维特根斯坦在他的《逻辑哲学论》中谈到：我们的世界的界限就是我们语言的界限。我们不能用言语表达的事物就是不存在的。维特根斯坦的这番话强调了语言的绝对能力和据此衍生出的一个断然命题。而在维特根斯坦后期的《哲学研究》中，时常会混淆使用语法与逻辑这两个词。哲学成了语法的研究。在他眼里，西方哲学史上的"喧哗与骚动"充塞着形形色色的语法偏见和误会。而在他这里，哲学是一种对过往哲学的误解、混淆的澄清，和对因语法混乱导致的心理和精神的疾病与不适的治疗。正如他的夫子自道："哲学是一场反对我们的语言手段给我们的理智所造成的着魔状态的战斗"。[1] 依笔者理解，基于最基本的事实，维特根斯坦的这番话也是进一步阐明了语言文字能力的获得对人类来说具有的里程碑意义，甚至是人类之所以成为人类的必要条件。语言具有无中生有的能力，这是基于语言文字的符号抽象意义而言的。语言的产生让人类从此有了一种神奇的自我认知与宇宙认知本领。《说文解字》记载："仓颉之初作书也，盖依类象形，故谓之文；其后形声相益，即谓之字"。我们的祖先将获得语言文字能力视作惊天动地的大事，《淮南子》里说："仓颉作字而天雨粟，鬼夜哭"。

我们在认同语言创造人类的世界、人类的历史的同时，语言也同时规定了我们。基于历史唯物主义和辩证唯物主义的一个基本立场是，语言的产生并不先于天地万物。语言不是物质之外的，不是神的产物而是人类的伟大发明创造。因为"人是人、文化、历史的产物"。[2] 动物也有最原始的语言能力，但和人类的语言能力有着本质的区别，人类对动物语言的认识同样可以用马克思的一句话来说明："人体解剖对于猴体解剖是一把钥匙。低等动物身上表露的高等动物的征兆，反而只有在

① 韩林合：《维特根斯坦〈哲学研究〉解读》，第 1533 页，北京，商务印书馆，2010

② 恩格斯在批判费尔巴哈哲学思想时讲过的一段话："他（费尔巴哈）有句名言：'当人最初从自然界产生的时候，他也只是一个纯粹的自然物，而不是人。人是人、文化、历史的产物。'甚至这句名言在他那里也是根本不结果实的。"见恩格斯：《路德维希·费尔巴哈和德国古典哲学的终结》，人民出版社，1997 年 8 月第 3 版，29 页。

高等动物本身已被认识之后才能理解。"①

　　中国当代社会生活中所面临的语言挑战，笔者以为，笼统地讲，表现在思与言，言与行的脱节，道与器相违，甚至背离。社会领域普遍的诚信缺失，意识形态领域思想的空心化与语言的空转，思行相悖，心口不一，表里不一，言行不一，等等，自然造成了言不由衷，王顾左右，支吾其词，名不副实，词不达意……甚至语言所指与能指风马牛不相及的分离倾向，加剧了语言的功能性障碍和紊乱，造成语言的消化不良和空转。这些问题之后，才是恰如其分的言说，言说者与倾听者之间的对接，适用性与有效性的有机衔接。

　　具体到诗歌的语言问题，就是一些诗人并没有意识到之所以不能发出自己的声音，是因为没有自己的语言，无法实现言与思、言与行的对应，其面目就是模糊不清的，没有找到有别于他人的语言，即自己的面孔与方式，语言履行不了对自我的忠诚和对诗歌本质的承诺，处于流放状态。当代诗歌是一种很开放的艺术形式，也是最民主、最具广泛性的艺术形式。因为，诗人个体经验的感性维度决定了诗歌的千差万别，其差异性是由个体的自由状态所决定的，而个体意识主体性特征是摆脱语言同一性的保障。诗歌的写作成本很低，一张纸一支笔就行了；看上去似乎入行的门槛儿也很低，会分行就行了。这就注定了当代诗歌语言经验具有从个别到个别、从具体到具体的特点。我们知道，语言在不同的语境中会有完全不一样的意

---

① 　见《马克思恩格斯选集》第 1 卷，第 108 页，人民出版社，1972 年版。

思，比如表达同样的一句"什么呀"，可以是问为什么，也可以是表达反对或者不对的一个反问句。汉语本身是有语境信赖和语用原则的语言，措词得当与否有时是不合语法和言辞用法的，但是它能正确和确切、微妙地表达意思。但当代诗歌门槛低，看似人人都有成为诗人的潜质，却很容易流于平庸化、平面化和相似化，这也是由于当代社会与生活的一致性、公共性和趋同性造成的。另一方面诗歌对个人性的要求却很高，这又是成反比的。这也是在诗歌泛滥的时代人们的普遍审美疲劳带来的副作用。诗人们至少必须要以个人最独特的尺度，包括思想的、技艺的等等，才能确立诗人自我的面貌，不然很容易就"泯于众人"。记得诗人于坚说过："（长诗是一种策略。问题是，诗人离混沌有多远。他在多大程度上可以用混沌消解策略。）在诗歌中，知识永远是次要的。诗歌的活力来自诗人与混沌状态的关系。但仅仅是混沌是不够的，它可以成就天才，但对大诗人来说，重要的却是控制混沌的能力。"[1] 他所说的，即是诗人从无中生有的独特能力，也是诗人的语言天赋和创造能力关系的一个阐述。

黑格尔有一个观点：一个民族除非用自己的语言习知、掌握最优秀的东西，否则，这些东西就不会真正成为它的财富。据此，他提出了"让哲学说德语"的任务。[2] 同样，在第三代

---

① 于坚：《棕皮手记·活页夹》，266 页，广州，花城出版社，2001 年版。

② 参见苗力田译编：《黑格尔通信百封》，第 202 页，上海人民出版社 1981 年版。

诗人身上也有着让诗歌说"汉语"的强烈冲动。正如韩东本人所说的："我反对概念的演化，即图解。这是大量诗歌过分文学化的症结所在……它的坏处是使语言逐渐丧失生机，运转不灵。重复即意味着磨损。如果语言的运动可以比作一个器官，过度运用必然导致功能的减退……语言的敏感性、可塑性在大量的文学活动中丧失了。"[1] 韩东要清除那些类似杨炼《大雁塔》、《诺日朗》和江河《太阳和他的反光》一类文化史诗中附着于诗歌身上的"崇高理念"式的东西，破除那个时代强加于诗歌身上流行的话语方式，即政治的、文化的、历史的魔咒（也被韩东称之为附着于诗歌身上的"三个世俗角色"，即政治动物、文化动物、历史动物）[2]。比如，针对那个时代对"大海"这一意象过度文学化的无限衍义，他反其道而行之，干脆说："你不情愿／让海水给淹死／就是这样／人人都这样"。这是维特根斯坦式的语义澄清，更是响亮的诗学宣示——所有关于大海的想象、关联，明喻、暗喻，都到此为止。因为诗人和他所指认的芸芸众生不想让围绕大海这一意象的所有文化衍生物和意义给"淹死"，就是这样。这是解除人们对政治的、文化的、历史的"着魔状态"的一剂凉药，或者说是一次清算。

尽管诗评家们给这一时期的韩东诗歌贴上了"反文化"、"口语化"、"平民化"、"低俗性"等标签，但他已清醒地

---

① 韩东：《"一种黑暗"的写作后果及我的初衷》，载《韩东散文》，中国广播电视出版社，1998年1月版。
② 韩东：《"一种黑暗"的写作后果及我的初衷》，载《韩东散文》，中国广播电视出版社，1998年1月版。

意识到，诗人作为"未被承认的立法者"（雪莱语），确立个人精神，找到自我的神祇，比反抗现存文学传统、诗歌原则和审美价值更加重要，也更为艰难。因为抗议是集体的使命，而重建则是基于个体的行动。

二

韩东的探索是一个独特的精神现象，这也是他与同时代诗人们的最大区别。韩东比他同代的诗人们更强烈地意识到诗歌革新与个人自由创作之间的关系。这也是其后他在南京写出的《明月降临》、《温柔的部分》等诗对《你见过大海》、《大雁塔》等转型期诗歌在形式上走极端作品的一种自觉背叛，其标新立异的重要性决定了确立他作为一个真正意义上的诗人的价值。正如他后来所说的："诗歌的方向是自上而下的，它是天空中飘渺的事物"。[①] 所以，诗在本质上是轻的，载不动太多的东西。诗歌要高张"赋、比、兴"的翅膀，具备音乐内在的节律、韵味，体现灵动、飞翔的精神。诗歌的轻盈感支撑活的语言，而不是不堪重负、暮气沉沉、濒临死亡的语言。不用担心，真正的诗歌会在省略的事物背景中显示事物，并把事物的有机联系和互交关系变得显而易见。在韩东身上所发生的这一系列让人惊奇的排异现象，使他成功地扬弃了"朦胧派"诗人北岛、江河、杨炼他们惯常使用的以"抗议"、"悲情"、

---

① 韩东：《三个世俗角色之后》，载《他们》文学社内部交流资料第四辑，第48页，1988年出刊。

"广场性"等为标志的意识形态话语范式的所有特征。诗歌的指向从大而化之的人类历史、宇宙人生、文化拯救等等转向了平凡的日常场景那包罗万象的"生活场"与"情感场"。在他的诗歌中，则具体表现为对日常生活场景和生活经验的频繁涉及和关注。他是最先还原诗歌的诗人之一，而不是英雄纪念碑上浮雕式的诗人。他的诗歌来自于生活，但不高于生活，更不俯视生活，相反，是常常表现为低姿态、低视角的。他的诗歌中没有传统意义上从生活中提炼出来的"典型"场景和"典型"人物。诗人是我们日常生活芸芸众生之中的一个平常人。也是从这个时候开始，他生活中形形色色的感受是作为肯定的声音被记录和衍化，而他直接揭示事物本质的昭示能力和对生活真实状态的浓烈兴趣，为他的诗歌传达出生活质感的强烈张力，这种力量蕴藏在最直截了当的陈述句中。虽然，他并不拥有万花筒般纷繁喧闹的生活，但他奇特的掘进式的前进方式，使他的运用艺术技巧的巧妙伪装荡然无存。他的诗歌中所保留的个人信息是那样清晰而无需破译，这明显的个人标识正契合了一个时代对诗歌的要求。他以个人的坦率告白折射出一个时代即将到来的共同的情感氛围，这就使得他的诗歌具备了先觉意识和前卫性。由此，他对当代诗歌的走向也就不言而喻地起到了示范意义和导引作用。

当然，这正是基于他对诗歌语言的超乎寻常的直觉力和领悟力，在他身上，同时具备对语言本身的高度敏感以及超越于一切风格之上的气质。他的创新精神使人很容易误解成他的本意，即他是个不愿过早确立个人固定风格的诗人。作为熟悉他的老朋友,笔者对他即将产生的下一首诗总有种难以捉摸之感。

风中垂直的事物更为有力

缄默在这里多么嘹亮

——韩东《女声合唱》

那年在山上我养成这奇怪的听力

风声风声风声

——韩东《听力》

我仍在街上走

一次红灯下一次绿灯

我走着并被街景迷惑

——韩东《在街上寻找偶尔碰面的机会》

从这些诗句里,读者可以把握到这个物质世界和它自在的、脆弱的本性。这是在运动中失去平衡的姿态,一种神奇深奥面前的失语现象……透过这些,能深切地感受到写作这样诗句的人是多么纯粹、易感。他抛弃了诗歌现成的价值取向而关注于物质世界的直接性,他的创作不抱定见地直接指向现世生活,也可以讲他的写作原则近乎他的生活原则,即生活便是一切,生活便是真理,甚至唯一可取的真理。他捕捉到我们诗歌审美经验认知之外的美,那也必然是最平易的、最直观的。他竭力在最简单、最平凡的事物中寻找诗情和体悟本质。他对审美对象的精确到位的观察和真实入骨的表达能力，在同代诗人中十分少见。他雄心勃勃地以最简洁有力的武器去征服已知和未知的世界，似乎他诗歌中作为背景的事物已成为我们生存的条件，也是我们肉体毁灭所能提供的惟一证词。单从这一点上说，他的抒情气质无疑是深深扎根于现实精神的。

从以上列举的诗句中，我们能够看出，在《你见过大海》、《大雁塔》等诗之后，韩东已从一些诗歌评论家们确立的所谓"口语写作"、"语感写作"的新概念诗歌中逐步挣脱出来。他更加关注自身生存状态和所处的环境背景以及这个世界流转、变化的一面，从摄取来自物质和非物质世界的真实开始，虽然最终不免依然是指向虚无、神秘之境，但毕竟都与现实生活和诗人个人的日常性精神存在之间取得了某种可以信赖的联系，从中可以追踪到诗人个人生活中的喜怒哀乐和一系列事件的蛛丝马迹。当然，这种真实性是局部的、断面上的，也只能以眼见为虚、耳听为实或耳听为虚、眼见为实充作佐证。

我们说优秀的诗人类似一部诗歌语言的组织机器。这台复杂的组织机器在不断将诗人脑海中的形象与思想转译、生成为语言时，在其内部整体的运行中也有不受外界事物、事实制约的一面，它并非要求和外部事实一一对应，它有自我生成的内在逻辑，这种转化的秘密难以机械地拆解。词汇与词汇的相遇组成了句子，句子与句子组成了段落，联结成了语言。每个词汇独立地看待，都有固有的语义，是"旧"的、"死"的，可诗人在使用过程中，因了生命的气息吹拂，诗人听任直接的明见（直觉）指示，此刻语言的作用是用即刻呈现来澄清这一当下的直接明见，使词汇、词组起死回生，焕发出崭新的生机与活力。看上去简单而又平常的词汇，让我们熟视无睹的词语，却令我们心旌摇动，这便是诗人的语言组织能力在发挥着神奇的效用。

自《温柔的部分》、《黄昏的羽毛》、《你的手》、《在玄武湖划船》等诗歌开始，诗人与写作《大雁塔》、《你见过大海》时期的努力方向已迥然不同，那便是诗歌中情感上的节制和分寸感上的把握。诗人在小心翼翼地寻求着、回避着、规范着，悄悄地展开了新一轮"圈地"运动。其中有一种符合美学规则的安全感和平稳性。诗人在处理手法上的迂回曲折和诗歌趣味上的变化是如此分明。与此同时，诗人不时显露出的精神上的不安定因素又被他捎带的一种复活超验主义的倾向和印记所淹没。可以肯定的是，他观察事物所采取的是传统的东方体悟方式。他擅长运用内在的想象（一种内视力）笔直地走进事物中去。这时候，他更像一个外科大夫、一个木刻家，他不伪饰，甚至不拐弯，这种专一的方向上的直觉力给他接近诗的真理提供了方便。当然，这是基于他对生命形态基本秩序的信赖和尊重。他以十分的投入和全神贯注来唤起事物的本质和精神，虽然有时方式是间接笨拙的，有时是天真干脆的，但他撷取的都是事物的活面以及流徙的本性。其实，这一时期正是他个人生活的稳定期，也是与外部世界构成的一次"蜜月之旅"。反映在他的诗歌中，我们感受到诗人拓展诗歌新天地的不懈努力和激奋情绪。他以日常生活的种种物事、情境入诗，并试图破解生活的秘密，获得真谛。他似乎与现实生活中的万事万物发生着浑然一体的紧密联系，从而使他的诗歌洋溢着一股迷人的、直觉的哲学意味。

　　这段时期比较有代表性的诗作是这首《明月降临》：

月亮

你在窗外

在空中

在所有的屋顶之上

今晚特别大

你很高

高不出我的窗框

你很大

很明亮

肤色金黄

我们认识已经很久

是你吗

你背着手

把翅膀藏在身后

注视着我

并不开口说话

你飞过的时候有一种声音

有一种光线

但是你不飞

不掉下来

在空中

静静地注视我

无论我平躺着

还是熟睡时

都是这样

你静静地注视我

又仿佛雪花

开头把我灼伤

接着把我覆盖

以至最后把我埋葬

这是一种身临其境的感受，其细腻的体验和灵敏度来自气温、云朵和月亮的反光体。自古以来，所有的诗人都会面对此景。一个栖身城市高楼里的诗人，此刻切身感受到了那突然来临的一场温柔的打击，它激动了诗人的情怀。正因为是从身体出发而最后追究到灵魂的，诗人的感受就摆脱了诗情感受区的惯性轨道。所以，他与古今一切诗人瞬间的时间、区位以及身心上的距离从一开始就决定了。这里的明月是诗人灵魂的一个观照体，阴凉而透彻，遗世独立，使人触摸到诗人灵魂的冷热和光焰，直到这光焰扫射出月亮这个观照体的所有晦暗区域，使之成为一个通体透明的灵动之体。另一方面，我们也看出，在同一首诗中，既有热情明快，又有冷静含蓄的奇妙组合，像火中的水声和雨中的波光，你可以用手、用心去体会，但却无法触及那个神奥的内核和源头。也许，那只是一派虚无、虚空。他对诗歌中虚实关系的处理可谓炉火纯青。这里有的是深厚的内敛力和自信的气度，不遗余力挣脱灵魂桎梏的努力和良好自如的控制能力。而"开头把我灼伤／接着把我覆盖／以至最后把我埋葬"也类似苏轼"抱明月而长终"（《前赤壁赋》）的物我同一。此外，这种从身心出发，"直心而动"、"直心是道"的切身性体知的言说方式，也是对现代语言能指和所指分离模式的回拨，使得语言保持了与生活、生命同构的初始状态。

三

我们知道，凭经验和记忆来控制诗歌有时并不保险，纯粹的个人价值并不就是诗歌，正如写真不就是诗歌一样。在这个前提下，它需要无中生有，需要揉合想象，让生活经验中的真实转换成诗歌中的真实，它还必须向前迈出一大步。仅仅是记忆和经验不过是一堆无意义的个人档案，时间是它唯一的制造者和消费者，而不会成为我们共享的"佳酿"。也就是说，在认识深度上，还要通过想象或经验的丧失来提升或强化，在这其中，想象是灵动和澄清的过程，使我们得以通向诗歌真理的神秘之境。这正如叶芝所说的：诗人的智慧像一只蝴蝶，它不是阴沉的食肉鸟。我们来看这首《一种黑暗》：

　　我注意到林子里的黑暗

　　有差别的黑暗

广场一样的黑暗在树林中

四个人向四个方向走去造成的黑暗

在树木中间但不是树木内部的黑暗

向上升起扩展到整个天空的黑暗

不是地下的岩石不分彼此的黑暗

使千里之外的灯光分散平均

减弱到最低限度的黑暗

经过一万棵树的转折没有消失的黑暗

有一种黑暗在任何时间中禁止陌生人入内

如果你伸出一只手搅动它就是

巨大的玻璃杯中的黑暗

我注意到林子里的黑暗虽然我不在林中

　　这首诗首先是作用于身体的、感性的，正如作者自述的：
"从感官到语言到具体情境，是完成一首诗的时间次序"。[①]
它不是从现成经验出发的，而是从即时即刻的感官冲动出发，
将它固定并使用原生态的语言使之无条件服从于作者写作的意
志。笔者将它称之为一种"丧失经验的写作"。它的由来是一
场即时性的生命体验。这首诗看上去不受约定俗成的概念和主
观情绪的干扰，纯粹表达从物理引发的生理感受，但它又并非
真切的写实，而是虚拟的描述，它对语言直接运用的需要和对
已有经验丧失的无奈，虽经作者最后申明"我不在林中"，但

---

① 　韩东：《关于诗歌的十条格言或语录》，载《他们》文学社内部交流
资料第九辑，第 85 页，1995 年出刊。

生命过程的流逝、具体物事的异化状态，使诗歌披上了一层哀怨的感伤色调。由此，笔者想到他有时简明而又富于洞察力的判断尽管时常失之天真，但几乎无疑是对无法预知的现实和分崩离析的生活本身的一种本能性反应，是诗人最天然人性的显现。因此，他诗歌中的真实性就常常战胜虚妄性。当下即是经验，往往是从里向外发散的，外部力量触发他的诗情之时，也是他心灵的慧光照彻外部事物之时，这是呈双向互动式的，扫除了先验论的成分。这种身心一体的灌注，抛弃了综合的心理功能和已知经验的暗示。虽然诗情到来时，显得陌生而异样，遭到以往生活经验的反驳和排斥，但它丰富而灵动，是从事物本源中引发的，不断被诗人察觉而自动呈现，调动诗人持续保持在一种心灵深处的想象（或冥想）状态中，同时控制力又在那里成功地发生着作用。这时候，现成的审美经验像时间、雾障般消失得无影无踪，诗人身上诗歌的潜能得到发挥，诗歌只指向心灵和认识的极限，它给予诗人饱满的热情和充分的随机性。在韩东的诗歌中，这种探索是一种延拓真正想象力的"经验的丧失"，是对干扰诗人真正创造性想象力的经验的主动祛除。这种"经验的丧失"特性，正如哲学家、美学家加斯东·巴什拉所说："诗的哲学必须承认，诗歌创作行为没有过去，至少没有紧密相连的过去可以让人追踪它酝酿和完成的过程"[1]。在一个强大的个体的诗人身上，诗歌是没有历史的，诗歌也是以一种非法（非历史）的方式而存在，类似一种脱离群体的行

---

[1] 加斯东·巴什拉著：《空间的诗学》，张逸婧译，第2页，上海译文出版社，2013年8月版。

动。而诗歌既是诗人保留的哲学，也是他生活的欲望。在中国当代诗歌中，以往诗歌经验传达给我们的可能是固定不变的概念，惊奇、意外和偏差常常是要被取消和牺牲的，诗歌开放、易变的本性要求诗人积极行动，来扩展、改良和修正既往的经验。诗歌经验的建立，比对诗歌语言共同体的总结更为复杂。在诗歌语言与诗歌经验之间存在着一种奇特的张力，这种张力包括文言与现代汉语语义转换上面的，也表现在新诗主体性构建和确立方面的，还有诗人们在动用语言遣词造句的创作实践中对诗歌经验的改造、背离的新期许方面的。诗歌经验本身就蕴含了神祇性和神话意味。因为想象力是诗歌经验的图腾基础。这样，诗歌经验就能"引导"你进入古今中外的一切诗歌文本和诗歌发生的情境，甚至进入诗歌的未来。虽然，经验的领域扎根于所有的诗歌文本和诗歌行为，但诗歌独有的审美体验显现的经验还只是一种有限经验。诗歌经验的拓展和改造，跨越了我们诗歌经验的传统局限，改变我们审美体验的力量如大时代的冲击、社会转型中人类散居行为的改变、跨界艺术的影响、诗歌审美的去中心化和多元取向等等正在发生，已经建立的诗歌经验总是有待于未来的经验来不断完善、修正和更新。

行动优于经验，想象力的边界超越经验。诗歌经验得以形成的基础固然应当是表达共同的诗歌理念和价值，但也要求表达和贡献诗人个体与诗人群体差异性的思想和语言。诗歌经验不是既有的概念绑架的对象，保守和落后于诗人的创造，诗歌经验的世界面向当下和未来的一切诗人。经验的世界充满变数，不能依赖于过去，必须应对新变化的刺激和挑战，这其中，诗人灵感来源时的一颗初心和原初创造的价值无所不在，尤显珍贵。

而这一时期的《二十年前剪枝季节的一个下午》、《甲乙》等诗歌，则属戏剧性诗歌。它使我相信，每一个诗人身上都有成为一个戏剧家的潜质与倾向。两首诗歌中都有场景的设定，类似于剧场或者舞台，一个在户外，一个在室内（甚至就是在一张床铺上）。《二十年前剪枝季节的一个下午》虽然在户外，其实却是诗人的一场内心独白，道具可以仅仅简化为一棵果树和一把梯子。诗歌中的主人公是在时空倒置的不断闪回中，用追叙完成了一场独脚戏。诗人在叙述完一个事件后，直接采用了插入式的独白：

> 现在我可以轻松地打掉那树上所有的树叶
>
> 我可以扛走梯子
>
> 可以这样也可以那样
>
> ——韩东《二十年前剪枝季节的一个下午》

从开头叙述时的那个孩子到结尾处万能的"我"跳出来直接现身说法，这是典型的布莱希特式的戏剧"间离"手法的借用，旨在提示读者时时保持清醒和距离。诗歌中那个曾经沉陷于莫须有的欲望与猜测中的孩子已经长大，岁月抚平了一切可能的创痛。只是在重新面对此情此景时，与其说诗人是在痛悔一种生活，不如说是诗人对经验获取方法的怀疑和经验丧失的自我安慰。尤其值得注意的是未成年"我"的原型，他并不仅仅是个游戏中的孩子，更是个耽于内心生活，固执地盘根究底，不断寻找真正自我以及期盼公正、理解的诗人自我戏剧化的"原型"。在《甲乙》中，读者可以看到这种戏剧化的另一种奇妙效果，仿佛是由一台安装在室内床铺边的自动摄像机拍摄下来的画面。诗人用的是不动声色的零度叙述法，将人类关系中最古老的男女关系，在排除掉与文化、道德相关的一切因素后所呈现出的本真一面展露给观众（读者）。男女两位主人公的起床动作是由远及近的，以窗外的墙壁、树枝、街景和室内另一侧的碗柜为参照系，这是种没有情感表露的机械的运动，唯一为了叙述的完整而由作者最后指出的是："当乙系好鞋带起立，流下了本属于甲的精液"。意味深长的是，这一对不知真实名姓的当代男女是用"甲"和"乙"来指代的。我们的人类文明中最基本的一对关系——男女关系，就这样始终处于静默状态中，并在隐形的聚光灯下，"赤裸"着走进了作者叙述舞台的中心。读者像是观看了一场有趣的哑剧表演，而诗句则像是恰到好处的字幕提示语，其戏剧效果令人触目惊心。

还有一类诗歌，像《浪漫的商业》、《灰》、《漆工》等，所产生的滑稽效果和奇妙的反讽意义既空泛却又是非凡的，给人印象十分深刻。这也是在笔者的诗歌审美经验以外而引起格外注意的一组诗歌。似乎作者并不满足于做一个诗人，更愿意是当代生活领域和潮流中目光锐利的鉴赏家和批评家。

而像《所有的愿望》、《生日临近》等诗则记录了诗人在面对世界的混乱、浑浊和压力之下的一种冲动和痛楚。《和鲸鱼在一起的日子》等诗，则是在某种有效的写作原则下的"智力游戏"，从另一个侧面反映了诗人超越现实生活，向未知领域进军的艰苦努力。

接下来，笔者提出一个需要引起注意的现象，即韩东诗歌作品中大都将自我作为主体的叙述对象，保持了有连续性的个人视角，不断寻找自我的镜像、自我的神祇和实现自我的超越意识。这种对个人历史横断面的广泛探索和对个人自我意识确认的独特经验带有一定的普遍性意义。它也直接导致了新时期中国诗歌发展走向的多元化。韩东本人作为新时代诗歌精神的倡导者和身体力行者，其意义更加突出。但必须指出的是，诗人身份在叙述主体中的一再出场，也在一定程度上妨碍了他对当代生活场景丰富多样性以及当代人普遍生活经验广度上的表现力，这种叙述角色转换的单一，削弱了诗歌包容和消解纷纭复杂的当代生活的能力，而个人情感体验上的局限性和排他性，也使得他的诗歌缺乏应有的历史纵深感。当然，这也是他在诗论《三个世俗角色之后》中强调指出的诗歌必须摆脱三个世俗角色（即政治动物、文化动物、历史动物）[1] 之后的一个必然结果。

"我"即"他者"，这是波德莱尔有名的格言，形成了"我"即"他者"的普遍主体。这也是二十世纪世界文学叙述中的一个重要转变。具体到韩东这一时期的诗歌创作，或者回到中国当代诗歌的现场考察，这一现象尤其值得关注。

---

[1] 韩东：《三个世俗角色之后》，载《他们》文学社内部交流资料第四辑，第 48 页，1988 年出刊。

四

韩东诗歌中一个最容易被视而不见的品质，就是体现不出某种文化师承上的特定关系，可以说他的诗歌是拒绝文化的一种诗歌，这当然不是欠缺而是正好相反。他说："诗人和大地的联系不是横方向的，而是纵的，自上而下，由天堂到人间到地狱，然后返回。"① 在一种没有深厚现代诗歌传统可言，而又被虚假人为制造的浓厚的现代主义文化气氛包围中保持的独特性，恰好使他的诗歌能够不断升值。他的诗歌是不定性的有机物，呈现自然成长的状态，并在其演变过程中，由书面语逐渐取代了早期诗歌中的口头语。他的书面语同时兼具"民谣体"的直爽明快和有一定组合原则的"翻译体"的弯曲迂回，像春蚕吐丝般质地分明，晶亮而具清晰度，足以经受空间张力和时间韧度的挑战。可以用来解释的理由是：决定其诗歌语言的要素和奇特运行规则的只能是作者重视灵与肉的结合和心灵体悟的结果。在他成熟期的诗歌中，传统与继承、因袭与创新等古老命题几乎消除而得以融会贯通，不着痕迹。对于世界范围内诗歌写作的世纪末"情结"和风行于世的整合诗歌的整体走向，不啻是一个例外。他能始终在诗歌中保持着生机勃勃的原创性、直接的感受性质和不趋潮流、寻求变化的独创意识。像《水渠》、《剪刀》、《我赞成》、《木工》等短诗中的所呈现的：

---

① 韩东：《三个世俗角色之后》，载《他们》文学社内部交流资料第四辑，第48页，1988年出刊。

我叔叔的铁锹在土上拍打
他要计算土方和体会快感

——韩东《水渠》

一个男人从理发店出来
头上带着剪刀的印痕

——韩东《剪刀》

我赞成
高大的男人和高大的妇女在一起

——韩东《我赞成》

是木工取消了木工
刨花掩盖了泥地

——韩东《木工》

　　这种对诗歌中简洁、单纯目标的追求，包含着作者对诗歌
这门古老艺术所抱的纯真态度和真切深刻的理解。自然，在寻
求表现手法的多样化上，他的确是下过大功夫的，是有所选择
的。从他的诗歌主题上看，没有重大题材、公众事件，有的是
对自我生命形态的强烈关注，甚至是对日常生活神圣性的关
注。这种不间断地对"自我存在"的认知与探索，对"自我镜
像"的揭示与审判，曾经是新一代诗人对抗"人格面具"最犀

利的武器。平庸无奇的生活、混乱的内心现实，使诗人这个身份在现实生活中显得那样尴尬、惶惑和无所适从。诗人这一"当代英雄"的新形象，在《对我的估计》这首诗中得到集中体现：

软弱的承受着爱情

大象走过松散的沙地

如果是一头神象呵

象头正进入上面的白云

也许只是上帝的坐骑

就有大象十倍的重量

相信它的四肢是多肉的圆柱

移动着他人的宫殿

沙地将爱上老苦力痛苦的投影

不爱他作为象又长着翅膀

怪模怪样地飞翔

诗中描绘了一幅夸张、怪诞的诗人肖像，同时也可视作一幅痛苦、自恋、异化的当代诗人群像的生动写照。象（自我指认为诗人）"走过松散的沙地"，"移动着他人的宫殿"，同时，诗人"爱上老苦力痛苦的投影"，实际上，他并不爱自身"作为象又长着翅膀/怪模怪样地飞翔。"这可和美国诗人罗伯特·洛威尔题献给女诗人伊丽莎白·毕肖普的一首《臭鼬的时光》（也译作《黄鼠狼的时刻》）中的作为一代美国诗人形象的"臭鼬"相比较。

> ……
>
> 一只黄鼠狼带着一群小的
>
> 舐着废物箱中的食钵,
>
> 她把尖尖的脑袋插进
>
> 一个酸乳酪杯子,
>
> 垂下她鸵鸟似的尾巴,
>
> 什么也不怕。
>
> ——罗伯特·洛威尔 1957 作(袁可嘉译)

罗伯特·洛威尔在诗歌的末节中描写了臭鼬妈妈领着孩子们在夜晚的城镇里觅食,对应着之前诗人所描绘的无眠之夜及其内心的痛苦与折磨,而他从毫不起眼的小动物臭鼬身上发现了自由的天赋,还有"垂下她鸵鸟似的尾巴,/什么也不怕"那样一种毫不畏惧、顽强生存的勇气。这也是美国"自白派"那一代诗人们信仰与勇气来源的一段具有现代启示录意义的心路历程。与臭鼬可以形成显明对照的是韩东笔下的这头庞然大物(象),和它的体积成反比的是它紧缩的心脏。它更显笨拙、乖张和不可理喻。它是对诗人神话原型所作的最新演绎。这似乎又是命运的必然安排。因为我们的诗人所从事的艺术实践不断经受着现世生活的严峻考验,笔者读他的每一首诗都感觉到他对生活的"礼赞"。

从上述列举的诗歌中可以看出,他早期诗歌中对语言的暴力性处理已悄然消失，也不再单单是追求纯粹意义上的语言实验。因此，其文本的意义才更加突出。韩东曾经宣称："我们都是形式主义者"①，那么，作为形式主义者的韩东，在他一系列的作品中，都有一个基本的结构形式构建。从他诗歌转折期的《大雁塔》、《你见过大海》，甚至更早的《山民》、《女孩子》，这种结构形式就已经形成并保持至今。这种结构形式与他诗歌中音乐般的节律和内在的情感变化相呼应，只是时而清晰突兀一些，时而淡薄模糊一些，像先天的胎记紧随着他而极具个性，并不因为人为的努力而有所改变。但它也并非我们通常理解的风格化的形式，即程式化的、僵化的。它不凝固，而随作者的生命运动而流徙不定，它是心灵的喷泉，直截了当地表达委婉、含蓄的主题，使他的诗歌如同一座壮丽、澄明、通透、明亮的建筑。一切类似磨难、灰暗、绝望都经过严厉的淘洗而变得简洁、均衡，这种形式感如同经过一个巨大的

① 韩东：《为〈他们〉而写作》，载《他们》文学社内部交流资料第五辑。《他们》从第 1 辑至第四辑，从未有过类似宣言或表明刊物性质的文字。因此，在《他们》第五辑的封二上，韩东写了一篇刊首语"为《他们》而写作"，其中有这样一番话："排除了其他目的以后，诗歌可以成为一个目的吗？如果可以，也是包含在产生它的方式之中的……。《他们》不是一个文学流派，仅是一种写作可能。《他们》即是一个象征。在目前的中国，它是唯一的、纯粹的，被吸引的只是那些对写诗这件事有所了解的人"。该期封面刊用了韩东的头像素描。从这一期开始，《他们》不再刊发小说，成为一份真正的诗刊。需要特别说明的是，《他们》第 5 辑出刊时间实际是 1989 年，但因当时特殊的政治气候，为了避免麻烦，特意在封底写上了 1988 年出刊的字样。——参见小海：《关于〈他们〉》，收入《小运动——当代艺术中的自我实践》（广西师范大学出版社 2011 年版）。

"磁力场"，让诗歌变得混乱中有秩序，复杂中有简单，激越中有稳定，这便是他诗歌结构形式奇妙的优势和魔力。这种风格体现得最典型的莫过于下面这首诗：

　　这时，我听见杯子

　　一连串美妙的声音

　　单调而独立

　　清醒的时刻

　　强大或微弱

　　城市，在它光明的核心

　　需要这样一些光芒

　　安放在桌上

　　需要一些投影

　　医好他们的创伤

　　水的波动，烟的飘散

　　他们习惯于夜晚的姿势

　　清新可爱，依然

　　是他们的本钱

　　依然有百分之一的希望

　　使他们度过纯洁的一生

　　真正的黑暗在远方吼叫

　　可杯子依然响起

　　清脆、激越

被握在手中

——韩东《我听见杯子》

韩东写过一首《未来的建筑师》，讲的不过是几个人在沙滩下铲沙、扬沙，即便海水不马上漫上去冲刷这些"建筑物"，随后而至的夜幕也会毫不留意遮盖掉。而在他诗歌中创造出的类似空间几何建筑的崭新形象及其神韵，符合黄金分割比例一般均衡严谨，有着整体上的统一性和玲珑剔透感，让读者尽情遨游于这一组组形式空间中：主观臆想与客观存在（"我爱一个人和一个关于丰收的比喻／并做好准备从最高的枝头降落"），现在、过去、未来的时间跨度（"我的父亲，今天是一头水牛／在林间空地上吃草……那些更小的动物／可能是我的祖父、祖母"），此岸、彼岸、出此入彼的交叉感应、互相置换的空间概念（"说它有别于星辰和下降的雨点／我没有说那是飞蝶……空中的一物仅仅在经过／带着你我的全部遗憾"）。他的诗歌语言给人一种浑朴苍润、精确微细，同时又挥洒自如、摇曳多姿的线条感，他的形式构建元素是通过富有灵性的线条结构来完成的。有时，它更像一把完美生动的琴弓等待你去弹拨。诗人这样跟我们描述他理想中的读者："有一个男青年非常偶然地读到我。一读之下就丢不开了，不知不觉读了一个下午，直到天已经黑了。这时，他觉得有一束光把他照亮了。他深受感动，但并不知道我是何许人也"[①] 这段话十

——————————
① 《〈韩东〉采访录》，载《他们》文学社内部交流资料第七辑，第113页，1994年出刊。

分有助于我们去全面理解诗人以及他对诗歌艺术的孜孜以求、对待现世生活的态度。与此同时，诗人也乐观地预言着："我们身上不能改变的东西乃是给我们以希望的东西。不被我们理解却使我们拥有明天。"①

五

进入新世纪之后，韩东的小说创作进入成熟期，从 2003 年开始，每隔两年左右的时间，他就推出一部为读者瞩目的长篇小说，如《扎根》（2003）、《我和你》（2005）、《小城好汉之英特迈往》（2008）、《知青变形记》（2010）、《中国情人》（2012）等。但他并未放弃诗歌写作，在接受记者采访时，他多次声明自己首先是一个诗人，然后才是一个小说家。作为第三代诗人群体中最具代表性的诗人之一，韩东以与生俱来的对语言的敏感和对诗歌精神的体悟，在小说创作的同时，继续着他的诗歌创作实践。《重新做人》是韩东继《白色的石头》（1988）、《爸爸在天上看我》（2002）之后，于 2013 年推出的第三本诗集，历时十年，收入的是新世纪以来（2002—2011 年）的诗歌新作。2015 年 1 月又将推出《韩东的诗》。这是他的一部诗歌总集。笔者应出版社之邀担任了责任编审和校对。对他历年来的诗歌作品进行了系统的比对、审核与订正，甚至对同一首作品的不同流传版本也作了认真甄别。应当说，

---

① 《（韩东）采访录》，载《他们》文学社内部交流资料第七辑，第 113 页，1994 年出刊。

这是具有诗歌与学术双重价值的一部诗集。

对韩东新世纪以来的诗歌新作中，笔者主要想分析他在两个向度上的拓展。一个是亲情、爱欲及其背后的病痛、死亡主题。尤其是对死亡及其价值的冥思与判断在新诗集中的探讨更加深入、沉郁、撩拨人心，语言方式却越发简约、明了。

没有什么
只是陪她坐着
陪她无所事事
用两个人的力气想
要吃饭，要恢复健康

每天都有一场大雨倾盆而下
用她的眼睛看窗外的群山
看激越的闪电
如此明丽
就像在儿童的眼睛里所见

用我的眼睛看她尖细的骨头
轻巧犹如小鸟的翅膀
正穿越乌云
唉，垂暮昏沉的是我
聒噪绝望的是我

——韩东《侍母病》

　　室内与室外，儿子与母亲两组关系彼此呼应，在这首诗中读者感受到一种人性的暖流。通过病痛折磨中的母亲和"聒噪绝望"的儿子的对照，仿佛需要帮助和救护的倒是后者。面对病痛和死亡，与即将面临的生死离别的考验，母子角色在置换中完成了对生命的一次升华与洗礼，令人动容。而母子间的真挚亲情溢出诗外。

　　石碑上刻着：

　　"亲爱的母亲韩国瑛"
　　她是我姑母，那碑
　　以孤儿的名义敬立郊外
　　姑母死时堂哥三岁
　　如今已身为人父
　　表情严肃，步履坚定
　　迁坟这天，堂哥和我
　　捡拾坑中的遗骨
　　腿骨细小发黑
　　颅骨浑圆秀丽
　　手骨破碎，只有
　　牙齿完好如初
　　堂哥抱着红布裹着的罐子
　　走向路边的汽车
　　天高云淡，凉风习习

"亲爱的母亲"在她孩子的怀中

待了一分钟

——韩东《亲爱的母亲》

墓地并不阴冷

太阳当空而照

我们在汽油桶里烧纸、放火

天上的火球也一刻不停

浓烟滚滚,祭扫犹如工作

一点也不阴冷,也不宁静

挖土机的声音不绝于耳

盖住了铁铲掩埋的声音

死者虽已停工

但死亡并未完成

甚至,也不肃穆

爸爸,敬您一支香烟

嫂子,鲜花留给爱美的你

外公、外婆,这是现炒的栗子,趁热吃

爷爷、奶奶,你们的住址又忘记带啦

山坡上的石碑如椅子的靠背

层层叠叠,满山遍野

坐等人间精彩的大戏

终于结束了

一天的欢愉有如一生

——韩东《扫墓兼带郊游》

我们不知道死亡何时发生？死亡又以何种形式发生？死亡激励生者的是什么？人生的脆弱性就在于死亡的必然性。古代的庄子在妻子死后鼓盆而歌，为她回归自然而高兴。而在民间，也常常将得享高龄的人死去当作喜丧来办。在一些原始部落，死亡是值得庆贺的解脱，或者将死亡当作一种意外。这是一种否认死亡的文化。中国古代圣贤们的生死观很有意思，活到孔子的份上是"其生也荣，其死也哀。"庄子则是"其生若浮，其死若休。"老子则感叹："人之生也柔弱，其死也坚强。"正是因为有了死亡，生命才弥足珍贵，从这个角度讲，死亡不是剥夺而是给予。无论是哪种死亡，都让我们真切感受到生命的含义。对至亲的人来说，不可预知的死亡，充满神秘和恐惧，但这种丧失和远离，能够激发下一代对生的无限想象、怜惜与留恋。"天高云淡，凉风习习／"亲爱的母亲"在她孩子的怀中／待了一分钟"。这是死亡藏匿在事物背后的语言，死亡所展示出的不为人所知的温馨的一面。

冬至节到了

人们在路边烧纸

火光映亮了街边的树干

这些活着的人变成了一些影子

去亲近消逝的死者

在街边，在墙脚，在亲人生活过的院子里

损失和愧疚使他们感到

另一个世界的存在

像大地一样黑沉沉

像火苗一样灵敏热烈

——韩东《冬至节》

天气真好

我走在街上

九月的阳光以及

万物

既美又浮华

美得过分、多余

空出了位置

就像和亲爱的死者

肩并着肩

和离去的生者

手挽着手

——韩东《天气真好》

对于每个个体的生命都会面临死亡这件事来说，死亡是公平的、一视同仁的，无论你躲藏得多么隐密、多么深远，死亡都能找到你、带走你。死亡比谁都贪婪，它是照单全收的。康德实践理性的出发点即是死亡，即人之"生也有涯"。可生和死在这首诗中并不是纯粹对立的，生命作为有机体，死亡似乎从一开始就包含在生之中，生命的脆弱好像就是由死亡所规定了。"终于结束了 / 一天的欢愉有如一生"（《扫墓兼带郊游》）"另一个世界的存在 / 像大地一样黑沉沉 / 像火苗一样灵敏热烈"（《冬至节》）"就像和亲爱的死者 / 肩并着肩 / 和离去的生者 / 手挽着手"（《天气真好》）从中我们不难读出曹操"对酒当歌，人生几何，譬如朝露，去日苦多"（《短歌行》）的喟叹和苏轼"寄蜉蝣于天地，渺沧海之一粟"（《前赤壁赋》）的旷达。人的生命不是一个活着的计时器。死亡从现世的、终点的意义上来赋予和塑造了生的意义，死亡也激励着生者与后来者。单单从古往今来的人们赋予了死亡如此之多的含义，笔者几乎就想断言：在我们生活的这个星球上，只有人类知晓自己终将死去，死亡成为了激活人类想象力的摇篮，也是每个脆弱的个体重新回归人类整体的方式。死亡，甚至就是人类自身文明的一个伟大"发明"。

他的诗歌另一个创作主题可以称之为大时代之中的个人命运之歌，既有包括诗人自己在内的艺术家个体和艺术飘零人群体的写照（这是接续新文学以来文学形象长廊中时代多余人、畸零人形象的新传）；也有嵌入时代底色中的边缘人和弱势群体的画像。他抒写力图与大时代"同存共舞"的众生的悲欢离合。这也是他对自己诗歌中这一惯常主题的进一步深化。

这些年，我过得不错

只是爱，不再恋爱

只是睡，不再和女人睡

只是写，不再诗歌

我经常骂人，但不翻脸

经常在南京，偶尔也去

外地走走

我仍然活着，但不想长寿

这些年，我缺钱，但不想挣钱

缺觉，但不吃安定

缺肉，但不吃鸡腿

头秃了，就让它秃着吧

牙蛀空了，就让它空着吧

剩下的已经够用

胡子白了，下面的胡子也白了

眉毛长了，鼻毛也长了

这些年，我去过一次上海

但不觉得上海的变化很大

去过一次草原，也不觉得

天人合一

我读书，只读一本，但读了七遍

听音乐，只听一张 CD，每天都听
字和词不再折磨我
我也不再折磨语言

这些年，一个朋友死了
但我觉得他仍然活着
一个朋友已迈入不朽
那就拜拜，就此别过
我仍然是韩东，但人称老韩
老韩身体健康，每周爬山
既不极目远眺，也不野合
就这么从半山腰下来了

——韩东《这些年》

《这些年》保持了触发诗人诗情的最初灵感，不再是拘泥
于对词语本身分斤掰两的精雕细刻，在不经意的自我描画中凸
现出他的诗歌笔法，与其说是叙述方法的改变，还不如说是自
由表达的结果。信手拈来的轻松自在，世事洞明的举重若轻，
直抒胸臆的本色，让笔者蓦然想起了他早期的那首名作《有关
大雁塔》：

有关大雁塔
我们又能知道些什么
我们爬上去

看看四周的风景

然后再下来

　　　　　　　——韩东《有关大雁塔》

　　两首诗的语感，乃至情绪和语调都是那样的接近与类似，语言简约干净，风格松弛冲淡，但新作中的变化与层次更显丰富。这是一幅作者本人生活状态或者生存方式的自画像，有对俗世俗人不卑不亢的评判，有自我解嘲与不屑，更有肯定中的超然和不愿同流合污、甘当少数派的由然之心，是淡泊明志的宣示与告白，对自己信任的生存哲学与生活态度可谓老而弥坚。诗人坦然随性、放逸憨直的情怀，通脱任诞、风流自赏的可爱与锐利，从这幅自画像中都可窥一斑。和当年的《有关大雁塔》相比，诗人似乎多了一份"简约云澹，超然绝俗"的当代名士的气象与风度。

　　诗人之于他的时代是个永恒的话题。诗歌的呈现形态，是诗人与其所处时代关系最好的显影仪和说明书，也是一个时代精神生活敏锐的风向标。

一个电话打进来说

"外面真舒服呀

你应该出来走一走。"

我没有出去

但有了一种想象

　　　　　　　——韩东《五月》

有时候诗人对外界的刺激："一个电话打进来说／'外面真舒服呀／你应该出来走一走。'"采取的是"我自岿然不动"的拒绝，宁肯以自己的想象构建外部世界的"图像"。这也不失为一种有效的应对与"参与"。

> 多少年，我的野心
> 和我的现实
> 总不相称，一味地
> 自我感动
>
> ——韩东《自我认识》

诗人的自我认知与判断中也混合着野心、辛酸和自我调侃，真实而又见性情。

> 无数次经过一个地方
> 那地方就变小了
> 街边的墙变成了家里的墙
> 树木像巨大的盆景
>
> 第一次是一个例外
> 曾目睹生活的洪流
> 在回忆中它变轻变薄
> 如一张飘飞的纸片

所以你要走遍世界

在景物变得陈旧以前

所以你要及时离开

学习重新做人

——韩东《重新做人》

有时候诗人也主动调适他和现实的关系。他从熟悉的家和盆景似的街景出发，从身边可感可触的事物出发，感受"生活的洪流"，并得出结论"在景物变得陈旧以前""要走遍世界"，"所以你要及时离开 / 学习重新做人"。

韩东将小说的叙事笔法引入到诗歌中，具体表现在对人物的刻画和对细节的关注特色越发鲜明。那些缤纷情感中的个人细节、私语，无名的无聊、苦闷、挫折、忧怀、失意，从生命的细枝末节处发现的"赤裸裸的真实"和日常生活闪烁的光芒，着力谱写庸常生存的"神圣性"。而这，不也正是构建"文学中国性"的基础吗？

他善于用诗句捕捉细节，以小见大，彰显时代的精神气质。他给平庸的生活和卑微的小人物赋予了一圈"神圣"的光环，变成了特别的"这一个"，耐人寻味。

他拥有迅速杀鸡的技艺，因此

成了一个卖鸡的，这样

他就不需要杀人，即使在心里

他的生活平静温馨，从不打老婆

脱去老婆的衣服就像给鸡褪毛

相似的记忆总有相同之处

残暴与温柔也总是此消彼长

当他脱鸡毛、他老婆慢腾腾地收钱的时候

我总觉得这里面有某种罪恶的甜蜜

——韩东《卖鸡的》

鱼虾在塑料盆里游着

孩子在蔬菜丛中酣睡

猪肉在案板上失血

你的晚餐已摆上了餐桌

残忍与亲切混合的气氛

红与黑交叠的颜色

菜市场，菜市场

既是喂养你长大的地方

也是屠杀生灵的场所

笼中鸡，被捆绑的螃蟹

被贫贱束缚在此的灵魂

油腻血腥的钞票在叫卖中流通

化整为零

——韩东《菜市场》

诗人在最直观的生活化现场：菜市场，却又以旁观立场的冷静和超越常态的判断，对卖鸡的一家和整个菜市场进行了现场写生，笔触所及，逾越了社会伦理，"我总觉得这里面有某种罪恶的甜蜜""被贫贱束缚在此的灵魂／油腻血腥的钞票在叫卖中流通／化整为零"。两首诗的结尾处都不落窠臼，出人意料，给人震撼。这不仅仅是对一种生活场景的简单临摹和复原，而是基于诗人对一切有灵生命的悲悯之心和对现实生活中人性的深刻洞察。

他对常人熟视无睹的细枝末节的生活流有一种当下生成的瞬间定型能力，从容易被忽略的一件陈旧的生活用品上，传达直面人生的在场感，传神地描摹出"沙发"拥有者的安于现状和背后的生存窘境：

一只棕色的布面沙发

扶手被袖子磨得发亮

缺了一条腿，右下角上

垫了半块红砖

多少出众的屁股坐下去

腾起的灰尘有半米高

它歪斜着，就像一个老怀抱

时而沉重时而感到空虚

——韩东《一只棕色沙发》

新世纪以来，韩东诗歌语言的一个特点是越发随性，不再是苦心经营，而是不知来由的偶然性在不断增加。自然性情与生命的野趣及个人文字天性的本真流露，使得他的诗歌有了别样的意趣和味道。倒也暗合了西方后现代理论家福柯对理性、社会与人进行一般研究的质疑，转而倡导的离散性、差异性、碎片化研究，以及利奥塔怀疑宏大叙事、相信"凡人"世界的"细小叙事"的语言特质。依笔者之见，这种偶然性的增加，可能源于他的主要精力依然放在长篇小说的创作上，诗歌确实是闲暇时的"妙手偶得"。这种个人自主性的增强与语言的生动活泼展露与随之而来的诗性的随机触发，其中蕴含着诗歌生成机制的神秘性。正如以下这首诗中所云：

> 我和你相遇、相爱、相伴随
> 我和你分居两地，度过一段时间
> 我对你的怜惜以及痛苦
> 你对我的依恋以及不幸
> 我和你灵魂相亲又相离
> 所有的这些都是偶然的
>
> 我和你一样，来自父母
> 偶然的相遇、相爱、相伴随
> 来自他们偶然吃到的食物
> 偶然获得的性别
> 我们长大，任凭偶然的风吹

偶然的人世像骰子摇晃

得出一个结果

一是一点血

六是两行泪

只有这是必然的

——韩东《我和你》

偶然性赋予"我和你"以及爱的生灭以生命，偶然性也同样赋予了他的诗歌以生命。爱情也是韩东诗歌中一个永不枯竭的源泉性主题。在互联网社交网络兴起后，传统爱情的中介和方式发生了重大变化，同时也带来了诸多困惑。电视中这些年也流行着"非诚勿扰"这类速配式婚恋交友节目。爱的获得与丧失都是那么偶然与轻易。爱的"虚拟"与"悬浮"状态和"快餐化"行为也揭示了当代消费社会中对爱的病态需求，而爱的泛滥却必然带来爱的荒芜。正如韩东在另外一首诗所指出的："爱并不荒芜，荒芜的是想象"（《野草之事》）。法国哲学家阿兰·巴迪欧在他的专著《爱的多重奏》中专门探讨了爱在当代社会中所面临的问题。他针对当代虚拟社交网提出的爱情无风险安全观，引述了诗人兰波的观点加以阐发和驳斥，认为："爱已经陷入重重包围之中，饱受压抑和威胁。"据此，他指出："我相信，捍卫爱，也是哲学的一个任务。也许，正如诗人兰波所说的，爱需要重新创造。——实际上，世界充满新奇。爱情应当在这种新奇之中来加以领会。必须重新创造爱的历险与传奇，反对安全与舒适。"[1] 诚如兰波所言，诗人在爱中行动和创造，将想象和历险努力还给爱情的同时，也就还给了诗歌。

在诗人的生命历程中，偶然性带来的"雨"有同样新奇的性质。雨水有生命的气味与痕迹，连通着记忆与想象：

> 雨的气味是回忆的气味
>
> 所有的事并不是第一次更好
>
> 就像在河边，我们想起上游和下游
>
> 通过某人，感觉到她无限的姐妹
>
> 一场具体的雨是所有妩媚之雨的代表
>
> 或许它还代表爱恋，代表河道
>
> 所有的事并不是第一次更好
>
> ——韩东《神秘》

> 什么事都没有的时候
>
> 下雨是一件大事
>
> 一件事正在发生的时候
>
> 雨成为背景
>
> 有人记住了，有人忘记了
>
> 多年以后，一切已经过去
>
> 雨，又来到眼前

[1] 阿兰·巴迪欧著：《爱的多重奏》，邓刚译，华东师范大学出版社，2012 年 9 月版，42 页。

渐渐沥沥地下着

没有什么事发生

——韩东《雨》

以上两首写"雨"的诗让我蓦然想起博尔赫斯的《雨》[1]：

突然间黄昏变得明亮

因为此刻正有细雨在落下

或曾经落下。下雨

无疑是在过去发生的一件事

谁听见雨落下　谁就回想起

那个时候　幸福的命运向他呈现了

一朵叫玫瑰的花

和它奇妙的　鲜红的色彩。

这蒙住了窗玻璃的细雨

必将在被遗弃的郊外

在某个不复存在的庭院里洗亮

架上的黑葡萄。潮湿的暮色

带给我一个声音，我渴望的声音

---

[1] 《博尔赫斯诗选》，陈东飙、陈子弘译，河北教育出版社，2003年1月版。

我的父亲回来了，他没有死去。

细节构成生活，也是构筑个人历史的要素。在两位诗人的笔下，雨水都勾连着生命中的独特记忆，"一件事正在发生的时候／雨成为背景"；"我的父亲回来了，他没有死去。"似乎诗人的语言也沾染上了"雨"的通透性与通灵的性质，直抵情感的中枢甚至灵魂。"一切景语皆情语"（王国维语），诗人通过"雨"为中介，在时间的流逝中体察、参悟人生。也因为，"人生漫长，其实很短／很短，又如此漫长／就像某物，可供伸缩／没有刻度却用于丈量／直到失去弹性"（韩东《人生》）。在人生中收获的每一样东西都是你意识和潜意识里播种过的，正如诗中"雨"的意象，成了意识和潜意识里的"种子"，在一个特殊的时空和境遇中"发芽"了。对写雨的这组诗稍加分析，可以发现，偶然性也关联诗人的灵感与个人直觉，这是被鼓励的部分，即用心灵天然的直觉而非仅仅依靠已被污染了的那个大脑思考的东西，个人本能的、无法预知的，包括敏感的气息（雨水），全新的想象力，天才的洞见，等等。这是诗人身上与自然、宇宙亲和力的一部分，也是上帝赋予诗人的天生的能力，是诗人与最初的世界统一的部分，也是在所谓的文明和进化当中丧失得最快和最彻底的部分。英国诗人叶芝曾在《责任》（1914）这部诗集中写下"责任始于梦中"这句话作为题词。他简单注明这句话出自一部古老的戏剧，但并未详细说明出处。这句话几乎成了叶芝自己所说的。笔者以为，诗歌始于梦中的责任，也就是意识和潜意识里的

"种子"开始"萌芽"。这句话也是对诗歌创作之于偶然性关系的最好注脚。从对新世纪以来韩东诗歌创作实践的考察中不难发现，偶然性的自身运动本身即包蕴着丰澹的能动性。

第六届

"计划生育"的叙事向度与写作难度

沈杏培

内容提要：计划生育题材小说是当代文学中的一种重要文学类型，这类小说细致再现了乡村生育意愿与国家政策限制之间"留与流"、"生与禁"的持久博弈，构建了以病与疯为主要症候的创伤性人格景观。这类小说对于研究特定国家制度与政策之下的个体境遇与心理、乡村的精神文化与"地方传统"具有重要的意义。本文以莫言、李洱和郑小驴的小说为中心，分析当代计划生育小说形成的不同叙事向度／"讲述"方式，同时，针对计划生育小说的"压抑性叙事"和小众化处境，从计生事件的争议性和暴力美学的难度分析这类小说的写作困境和叙事限度。

计划生育作为我国的基本国策已有三十余年的历史，但计划生育实施的历史实际上已有六十多年①。总体来看，作为国家现代化征途上的一项制度设计，计划生育在缓解人口与资源、环境的矛盾冲突，促进社会经济的发展方面起到了重要的作用。同时，这么多年来民间和学界关于计划生育的争论和探究一直没有停止过。从文学叙事的角度看，作为"透彻地审视存在的某些问题"②的小说艺术当然没有缺席对这一"宏大主题"的关注。自上个世纪八十年代以来，当代文学出现了不少以计划生育作为主题或作为关键情节、背景的小说③：伍开元《十月怀胎》（1989）、吕斌《计生办主任》（2007）、莫言《蛙》（2009）、李洱《石榴树上结樱桃》（2011）、田世荣《蝶舞青山》（2012）、郑小驴《西洲曲》（2013）。

总体来看，相对于其他叙事类型，当代计划生育题材小说呈现出小众化的特点——在文本数量上并不算多，产生影响的小说更是少之又少，在叙事立场上，当代文学对计划生育的叙事显得遮遮掩掩和欲说还休，"计划生育一方面被作为中国现代化进程的'进步事业'得到充分肯定，另一方面，则成为90年代以来主旋律乡土文学突出乡村基层政治尴尬现状和困境的

---

① 早在上个世纪五六十年代，党的第一代领导集体即提出并制定了适合当时历史条件的、以宣传和教育为主的人口和计划生育政策，1982年党的十二大上将计划生育确定为基本国策，同年年底写入宪法。

② 昆德拉：《小说的艺术》，董强译，第182页，上海译文出版社2004年版。

③ 这里列举的是代表性的长篇小说，还有不少中短篇小说，比如郑小驴《鬼节》，莫言《爆炸》等。

点缀性情节。"①计划生育这一宏大主题被处理成点缀性和压抑性叙事，这本身构成了一个很有意味的文学症候。那么，当代计划生育小说形成了哪些叙事向度，这类小说的美学困境、叙事限度何在？本文以莫言、李洱、郑小驴三位作家的小说文本为例，探析这些问题。

一、流与留：执拗的"生育意愿" 和残酷的"猫鼠大战"

在《蛙》、《石榴树上结樱桃》、《西洲曲》这些计划生育小说中，几乎都贯穿着这样一条线索：农民固守着"多子多福"、"养儿防老"的传统观念，孜孜不倦地超生和多生。这种执拗的生育意愿必然与成为共识性的计划生育政策发生冲突，因而围绕着非法的超生问题在孕妇、家庭与基层计生工作组之间展开了生与禁、躲与搜、留与流的持久博弈与"猫鼠游戏"。那么，乡民的这种固执的生育意愿显示了民间怎样的地方性传统和生育文化心理，官与民的博弈中如何织进暴力、权力、生命等多重叙事因素，值得细加品味。

生育本是个体的一种基本权利，由于我国特定的人口国情而不得已对这项权利进行宏观管理和科学引导，因而计划生育取代自主生育而成为一种制度性存在。对于这种非法的计划外生育，基层执法者通常会毫不留情地予以打击、惩处，其场面

① 吴义勤：《原罪与救赎——读莫言长篇小说〈蛙〉》，《南方文坛》2010 年 3 期。

不亚于"敌我之战"和"军事围剿"，在计划生育小说中有很多这样的描写：

多支手电筒的光齐聚在地窖里北妹身上。我看到了瘫软在一堆红薯上的北妹，空气中除了呛人的怪味，还充溢着一股血腥的味道。红薯被鲜血染红了，在熹微中看上去有些发黑。抱她上来后，她已经陷入了昏迷状态，脸色苍白得像张白纸。[①]（《西洲曲》）

姑姑直视着张拳那张狰狞的脸，一步步逼近。那三个女孩哭叫着扑上来，嘴里都是脏话，两个小的，每人抱住姑姑一条腿；那个大的，用脑袋碰撞姑姑的肚子。姑姑挣扎着，但那三个女孩像水蛭一样附在她的身上。姑姑感到膝盖一阵刺痛，知道是被那女孩咬了。肚子又被撞了一头，姑姑朝后跌倒，仰面朝天。小狮子抓住大女孩的脖子，把她甩到一边去，但那女孩随即扑到她身上，依然是用脑袋撞她的肚子……张拳加倍疯狂，冲上来要对小狮子下狠手，姑姑一跃而起，纵身上前，插在小狮子与张拳之间，姑姑的额头，替小狮子承受了一棍。[②]（《蛙》）

① 郑小驴：《西洲曲》，第141页，第262页，第230页，第262页，第262页，第20页，人民文学出版社2013年版。
② 莫言：《蛙》，第105—106页，第107页，上海文艺出版社2009年版。

《西洲曲》中的这段文字描述的是北妹为躲避计划生育工作组的追捕，躲在"我"家地窖，终因地窖阴暗缺氧和心理上的极度恐惧而流产。温婉善良的北妹与丈夫谭青已有两个女儿，一心想再要个儿子，把生儿子的赌注压在这一胎上。对于这样的生育"钉子户"，负责计划生育工作的罗副镇长和八叔等人当然不能容忍，多次抄家和搜捕不成，后因八叔怀恨告密，北妹在工作组深夜突袭中惨死，造成"一尸两命"的悲剧——在小说中，超生户北妹因为地窖里的意外死亡是小说的叙事起点，谭青由此展开的复仇和诸多人物的悲剧都肇因于此。类似的场景在莫言的《蛙》中就更多了。莫言以姑姑的一生几乎全景式地展现了计划生育六十余年的历史过程。莫言并没有回避计生工作中的暴力和血腥，上述引文再现的是姑姑率计生工作队前去劝说"强汉"张拳并搜捕其超生妻子耿秀莲遭遇到"围剿"的场面。围绕着带走耿秀莲做流产手术，双方展开了一场惊心动魄的攻心战与肉搏战，场面混乱而充满血腥之气，结果是孕妇耿秀莲跳河试图逃跑不幸溺死水中。

但耿秀莲的惨剧并没有引起姑姑的恻隐之心，相反，对于追捕超生孕妇，姑姑更为专注和坚定，为了达成目的，姑姑与其工作组几乎无所不用其极。比如面对自己的侄媳妇王仁美，姑姑不徇私情，通过拔树、拉屋以及"株连式"的惩罚措施发动乡民声讨超生者。姑姑还将"我"单位负责计划生育的杨主任请来做"我"和王仁美的思想工作，最后王仁美被送上手术台并因大出血而死亡。接连的孕妇死亡并没有让姑姑停止或反思自己过于暴力的计生执法，她的"忠诚"，已经到达"疯

狂"的程度,后来她与王胆之间的"猫鼠大战",注定了后者
的落败和悲剧。

这些令人心悸,充满暴力意味的"猫鼠之战"曾经是乡土
中国推行计划生育征途上颇为常见的场面,对峙双方分别代表
着国家意志和民间个体的生育意愿。"80后"作家郑小驴曾
经这样描述他的计划生育记忆:"一些人为了生二胎,躲避计
划生育检查,选择了离家而逃。他们的房屋被砸出一个个黑乎
乎的大洞,屋檐片瓦无存。干部们用野蛮的手法惩罚这些躲藏
户:他们踹掉大门,敲开墙砖,揭掉瓦片,再搬走家里能搬得
动的一切东西。这些凋敝的荒无人烟的房屋无不显出凄凉的景
象,有的甚至长满了蒿草,而弃家逃离的人们却发誓不生个儿
子,永不回家。"[1]确实,这些场景对于稍有农村记忆和农村
经历的人并不陌生,农村人的传统观念和生儿子的朴素梦想是
他们执拗的生育意愿的动因。从文化特性和伦理传统的角度
看,与主流社会和国家意识形态的"大传统"不同,中国的
乡土社会和边远地区实际上存在着一个"小传统"或"地方传
统",在乡土文学中,我们常常可以发现坚守"小传统"的乡
土空间,比如,李锐笔下的伍人坪、李佩甫笔下的"姥姥的村
庄"、范小青笔下的后窑,这些乡村或边地空间的村落文化、
乡村权力、民间风俗礼仪组成的"小传统"渗透在乡村空间及
其日常生活中,"小传统"对于塑造乡民的文化心理、交往伦
理起着至为攸关的作用。

---

[1] 郑小驴:《西洲曲》,第141页,第262页,第230页,第262页,
第262页,第20页,人民文学出版社2013年版。

在"地方传统"中，乡土社会的生育文化和生育观无疑属于其重要内容。在官庄、王寨（《石榴树上结樱桃》）、高密东北乡（《蛙》）、石门和青花滩（《西洲曲》）中，计划生育政策作为一种国法几乎是一种常识，但人们还是乐此不疲地躲避着国法，变着法子超生。在莫言、李洱、郑小驴的文本里，无论是雪娥、耿秀莲、王仁美、王胆、北妹、"我"母亲、孙典妻子等形成的"超生游击队"，还是繁花、八叔、蝌蚪这些计划生育政策的执行者或有公职人员，几乎都有共同的"生男"心结和"求久"心理。颇有意味的是，作为官庄最为忠实地执行计划生育政策的"铁娘子"繁花，其内心与超生户并无二致，"唉，其实刚才说给铁锁的那些话，她自己也是不信的。她只是迫不得已，信口胡说。她其实也想再生个男孩。他娘的，要不是干这个村委主任，必须给别的娘们儿做表率，她还真想一撅屁股再生一个。"① 可见，繁花用以开导超生户铁锁的"女孩好，长大了孝顺"一类话，她自己并不真信，只是一种劝说"套词"，实际上，繁花内心的"祈男"心理与超生户雪娥何等相似。

由此可以看出，乡土社会中的农民和基层执政者其实有着大致同构性的生育文化心理。"在农民心目中，绝户是最大的不幸。他们不会因为自己生活的贫困和艰辛而感到不幸，却会

---

① 李洱：《石榴树上结樱桃》，第109页，第33页，新星出版社2011年版。

为绝户而痛心疾首。"[①] 不愿绝户恰恰是为了"求久"的传统文化心理，而家族能否"久"，又取决于是否生男以及是否有男性承续家族的血脉与基业。正是基于对"绝户"的恐惧和香火的中断，张拳在超生妻子被姑姑捉住后，悲怆地嚎啕大哭"我张拳，三代单传，到了我这一代，难道非绝了不可？"[②] 受"重男轻女"、"养儿防老"等传统观念的影响，在中国社会，生育并非个体的一种自主权利，而是被赋予了利益动机、伦理期待甚至道德意味，比如"无儿无女或有女无儿都会被人骂作'绝先祖祀'、'绝后'。传统观念认为，儿子才是传宗接代的纽带，女儿是别家的人，民间流传'大麦不能当正粮，女儿不能养爹娘'、'十八个仙女抵不上一个驼背儿子'等俗语，实际上也确实是男性后裔承袭姓氏、承继祖业。没有儿子，即使官做得再大，钱赚得再多，在人面前也是抬不起头的。"[③] 诚然，当下的中国农村，无论是物质水平经济条件，还是精神视野都发生了极大的改变，但作为一种"小传统"的

① 李银河：《生育与村落文化·一爷之孙》，第123页，文化艺术出版社2003年版。
② 莫言：《蛙》，第105—106页，第107页，上海文艺出版社2009年版。
③ 郑晓江：《生育的禁忌与文化》，第109页，中央编译出版社2013年版。

生育文化心理，至今还执拗地保留着一些传统色彩①。从这个角度看，莫言、李洱和郑小驴笔下共同呈现的乡村这种执拗的"生育意愿"是透视民族文化心理尤其是乡土社会精神结构的重要视角。

二、创伤人格景观与制度性困境

在计划生育小说文本中，"病人"总是会不断进入我们的视线，大量生理与精神上的"病人"构成了一个创伤性的人学系谱。计生叙事中的"病人"，不仅真实呈现了六十余年计划生育实践中个体的生命形态和精神创伤，同时也通过人的这种尴尬命运再现了制度性的困境。

以莫言、李洱、郑小驴的小说文本为例，从"生病"的形态或诱因来看，这些文本几乎提供了一部半个世纪以来关于中国乡村计生实践中的疾病史：因流产失去儿子患了抑郁症的母亲、雨夜在石门呼号的疯子孙典（《西洲曲》），因计生事件扼杀了太多生命晚年患上了迫害幻想症和神经衰弱症的姑姑，被大火毁容继而代孕失子后导致抑郁和狂躁症的陈眉，丧妻失

---

① 据社会学家在上个世纪90年代以及新世纪之初两次在农村进行的生育观的调查结果显示，在农村，传统农耕文明基础上形成的生育文化观念仍然较为普遍，在生育目的上，排在前两位的是传宗接代和养老，农村人对男孩的期望效益构成里，传宗接代排在第一位。农村对生育的性别偏好呈现出较为"传统"的倾向：丈夫和妻子的男孩偏好均较强，而偏好女孩仅仅是个别现象。参见郑晓江：《生育的禁忌与文化》，第324—328页，中央编译出版社2013年版。

子后陷入精神分裂的陈鼻（《蛙》）。除了这些显见的"病"与"疯"①，还有不少精神上崩溃或绝望的人，他们以自杀或杀人的方式寻求着自我的解脱，比如未婚先孕的左兰，被沈夏欺骗感情，继而被大方强暴，腹中婴儿被踢死；比如丧妻失子的谭青在绝望中走上了复仇之路；比如被强行流产后自杀的北妹和石门的其他自杀者。

美国学者西格里斯特在《疾病的文化史》中认为小说中的"疾病"，可以"推动故事情节的发展"或是"描绘一种给定的情境"②，确实，作为一种具有丰富能指的意象，"在文学介体和语言艺术作品中，疾病现象包含着其他意义，比它在人们的现实生活世界中意义丰富得多。"③ 在计划生育小说文本中，"病"与"疯"不仅仅"推动故事发展"，构成一种特定的"情境"。更重要的是"疾病"成为小说人物的外在表情和人格内伤，这些"疾病的人"构成了一种人格类型和社会现象，具有较为深广的阐释空间。一方面我们看到，在超生户与计生干部之间的博弈中，陈鼻、北妹、谭青这些超生户难敌计生权力的碾压，最终败下阵来，从而造成精神的崩溃甚至死亡。但小说中作为计划生育的掌权者或执行者，在计生"战

---

① 笔者曾在另一篇文章中分析了《蛙》中的病与疯的文化内涵。参见沈杏培：《如何写"病"，怎样归"罪"：范小青〈赤脚医生万泉和〉和莫言〈蛙〉合论》，《当代作家评论》2013 年 2 期。

② [美] 西格里斯特：《疾病的文化史》，秦传安译，第 169 页，中央编译出版社 2009 年版。

③ 叶舒宪：《文学与治疗》，第 255 页，社会科学文献出版社 1999 年版。

役"中并没有成为"赢家"，他们有的疾病缠身——比如晚年患上精神分裂症的姑姑，有的落得悲剧下场——比如罗副镇长遭到谭青的复仇，自己的独子罗圭被杀死，老境颓唐，与聋哑养子相依为命；八叔在一场血腥的屠戮中侥幸逃脱，未死但死亡边缘的恐惧感和暴力记忆会成为他残年的梦魇。可见，围绕计生事件的这种博弈，没有胜者和赢家，纠结的纷争之后博弈双方都是伤痕累累或落入悲剧。

另一方面，计划生育小说塑造的"政治人"现象值得关注。在《蛙》、《西洲曲》、《石榴树上结樱桃》这些文本中，姑姑、八叔、罗副镇长、繁花有着某种较为一致的精神结构：作为乡村基层干部，他们手握权力，政治嗅觉敏锐，忠实执行上级指示，他们的价值理性中政治理性居于首位，他们在人格和认知上似乎是只有政治维度的"单向度"的人。心理学上将这类将"个人动机导向公共利益目标的人"称为"政治人"，这种人格特征和行为动机是如何形成的，拉斯韦尔在《精神病理学与政治学》一书中指出，当个人的某种本能和欲望得不到满足时，这种冲动便会通过其他渠道得到发泄。政治人格的形成，就是因为他将这种在某些方面得不到满足的欲望倾泻在"政治活动"方面，从而完成了转移和升华[1]。对于姑姑来说，她的笃定的政治立场和狂热的政治热情，除了来源于她的"革命烈士"后代的家世荣耀和根正苗红的自我定位，还与她的情感受挫有关——与"叛逃"台湾的飞行员王小倜的

---

① 蒋云根：《政治人的心理世界》，第50页，学林出版社2002年版。

交往成为她的"政治污迹",更给她造成了深重的情感创伤。姑姑对工作的"着魔",在年长的妇女眼里,是因为姑姑没有结婚和生育,对女性怀着一种本能的嫉妒,从而视超生妇女为"眼中钉",这未尝不是对姑姑"政治人"内在隐秘意识的一种解释。同样,"政治人"八叔具有与繁花类似的这种心理结构:《西洲曲》中的八叔对抓捕孕妇北妹之所以如此"用心",是因为他试图以向工作组告密北妹藏匿之地作为要挟,逼迫罗家同意把貌美的左兰嫁给他的瘸腿儿子大方,八叔为儿子娶媳妇的欲望未能实现,这种失落转化为他的告密和"公事公办"的搜捕。在《石榴树上结樱桃》中,作为村主任的繁花,从内心来说并不反对超生,她内心一直希望给女儿再生一个弟弟,她之所以对计划生育工作如此投入,除了有牛乡长这样的顶头上司对她工作不力的批评,更主要的原因在于繁花由于工作不力被撤了支书一职,她是在"戴罪工作",因而,计划生育成为繁花重回权力巅峰、将功赎罪的一个抓手。也就是说,繁花对计生工作的狂热是为了实现自我权力的回归,恢复自己失去的政治身份。

面对这些群体性的创伤人格,我们如果完全怪罪于计划生育制度,那是不公平也是不科学的。尽管这样一个制度不可避免地带来了中国社会的人口老龄化、生育率低下等问题,但不可否认的是计划生育制度作为一项国家顶层设计在对于社会进程具有不可抹杀的历史意义。关键问题在于,一个合法化的制度在实施过程中,能否尽可能地减少甚至去除暴力成分,可否多一些对生命的温情体恤和人道主义的关怀?《西洲曲》丧妻失子的谭青在对八叔实施报复时发出了这样的声讨：

　　"我还不清楚你们这些人，满足了你们的私欲，什么事能睁只眼闭只眼，枫树不是有钱人连生五个也没人去管么？我穷，没这么钱去堵你们的嘴，所以就全他妈个个都变成铁面无私的人了。像我这样的悲剧难道不是你们这些心怀鬼胎的人造成的吗？别什么都往政策上推，你以为按照规定办事你们就无需为此承担了吗？你们就不用遭到良心的谴责了吗？你们有没有想过，让快要临产的女人去引产不就是往鬼门关送吗，你们这样做会不会遭天打雷劈啊？你凭良心想一想吧！制度是死的，而人是活的！"①

　　谭青希望村里的权力人物八叔对其妻超生事情"睁一只眼闭一只眼"以此来避免这起悲剧的发生，固然是超生家庭与超生个体对计划生育落实过程的简单想象与一厢情愿的期待。但值得注意的是，谭青愤激声讨中的"计生腐败"与"过度暴力化"都触及到了基层计划生育实施过程中的"硬伤"。比如计生腐败现象，金钱和权力可以使部分超生户获得"通行证"，无论是《西洲曲》里"有很多女人"想生就生的罗副镇长，还是《蛙》里带着小三去生育的富人非法生育现象，以及《石榴树上结樱桃》中为雪娥怀孕大开绿灯的幕后权力因素——可见，特权超生、行贿准生等生育上的不公平现象确实是一种社

---

① 郑小驴：《西洲曲》，第 141 页，第 262 页，第 230 页，第 262 页，第 262 页，第 20 页，人民文学出版社 2013 年版。

会现实。再如医学中的隐性暴力问题，《蛙》中的姑姑对三个孕妇的穷追不舍的搜捕，以及对王仁美的堕胎手术，《西洲曲》中的计生组对多个孕妇的强行堕胎，从表面来看都是正常的执法实践，但这些疯狂的围堵以及对中期以上妊娠女性的强制堕胎的行为，已经形成了一种职务暴力和医学暴力。在这里，医学不是以治病救人作为其使命，而是以暴力化的手段惩罚非法的个体为其目的。尽管医学和医生在这些事件中是以"正义"或"合法"的面貌执行某种使命，但实质已发生了某种变异，并带来了灾难性的后果。可以说，在这些文本中，"小说家们以他敏锐的眼光察觉到了在这神圣的殿堂和权利后面隐含着一系列可以被称作错误、荒谬、甚至是侵犯人权的东西。"① 这种"合法化"的暴力昭示的正是计划生育政策实施过程中的权力的限度和边界问题。

在《西洲曲》中，郑小驴并没有将计生中的暴力和伤害简单归结于制度与体制，而是意在问责具体的个人和施暴者。他说："在我关注的社会事件中，很多悲剧的诞生都是因为僵化的体制造成的。施暴者们并不感到负疚和自责，因为'体制'能轻而易举地成为他们的挡箭牌。""这些人麻木不仁，缺乏同情心和道德感，披着合法的代表国家意志的外衣，有恃无恐地制造着一起又一起的暴力事件，没有任何人能给他们法律或

---

① 邱鸿钟：《医学与人类文化》，第160页，广东高等教育出版社2004年版。

道德上的约束与惩戒。"①郑小驴的话从一个侧面揭示了基层计划生育的暴力特征以及暴力泛滥的原因。其实，这是一个非常值得探讨的问题，涉及到计划生育执行的底线问题，执法的限度问题，法度与人道的问题。历史地看，计划生育从实施之初，国家在流产、强制堕胎等上面就比较谨慎，甚至是反对这些强制措施。上个世纪70年代中期，华国锋在一次关于计生工作的谈话中说："要做好宣传工作，注意防止强迫命令。不要一说抓紧搞，就搞摊派指标，生了孩子不给报户口，……有的单位卡得很厉害，怀孕六七个月还非叫流产不可。"②在后来计划生育实施的过程中，为了控制人口和落实计划生育政策，地方都制定了相应的计划生育"条例"或"办法"，"1980年中国全面推行'一胎化'之后，个别地方不但对堕胎没有限制，而且还鼓励或纵容计生部门对计划外怀孕的孕妇采取'补救措施'（实际上就是强制堕胎）。"③新世纪以来，不少地方（比如重庆、甘肃）等地出台了相应法规，纠正这一做法，明确限制任意"终止中期以上妊娠"的行为。

由此可见，国家在制定和调整计划生育政策的过程中，是不主张这种暴力化和非人性的计生实践的。但地方和基层在计生执法实践中，由于执法过度甚至暴力执法，而制造出了很多

① 郑小驴：《西洲曲》，第141页，第262页，第230页，第262页，第262页，第20页，人民文学出版社2013年版。
② 易富贤：《大国空巢：反思中国计划生育政策》，第87页，中国发展出版社2012年版。
③ 何亚福：《人口危局：反思中国计划生育政策》，第194页，中国发展出版社2013年版。

悲剧。这些悲剧在莫言、李洱和郑小驴笔下几乎是一种计生常态：他们为了完成上级任务，面对超生事件如遇大敌，本着"宁可错杀一千，决不放掉一个"[①]，不惜诉诸暴力和强制手段，轻辄拆屋、分财（《蛙》），或是心理恐吓（《石榴树上结樱桃》），重辄强行手术，强制堕胎（《西洲曲》《蛙》）。对于这些只知道"忠实"地实践国家计划生育，毫无同情心和人道情怀的基层执法者，莫言要让他们知罪、认罪和忏悔；李洱则在戏谑和冷静的笔触中让她成为权力的弃儿——比如繁花在搜捕雪娥的征途上，倾心倾力，不经意间自己成为权力场上的落败者；郑小驴则用文学的"法律"和"秩序"去声讨这些有罪人们的野蛮行径：以复仇的方式，让受害者完成对施害者的报复和惩罚，为死者伸张某种"正义"。当然，问题是这种以牙还牙、以暴制暴的方式能否从源头上完成对计生暴力的遏制和对制度硬伤的修复？复仇叙事虽在情感层面完成了对"恶人"的惩罚和对计生"不义"行为的控诉，但在社会和法理层面，是否带来了新一轮的暴力和悲剧？

三、救赎·复仇·留白：
"计生事件"的不同讲述方式

如何讲述计划生育的故事，如何演绎六十余年来的民族生

---

① 这是《石榴树上结樱桃》中"某个乡长"的计划生育口号，刘俊杰当做"经验"传授给繁花。参见李洱：《石榴树上结樱桃》，第122页，新星出版社2011年版。

育制度史的变迁，对于当代作家来说，既是一个重要的课题也非易事。从什么角度切入"计生"事件，以何种立场对此进行文学化的修辞，不仅影响到这种文学空间的美学呈现和思想价值，甚至关乎到这种文学叙事的合法性问题。综观莫言、李洱和郑小驴的计划生育叙事，他们都回避了对计划生育政策本身的臧否，将计划生育作为主导情节或核心内容，表达罪性与忏悔、伤害与复仇、欲望与权力等多重主题，形成了各具个性的文学叙事。

对于莫言来说，他对计划生育的关注始于《爆炸》。这部中篇小说写于 1985 年，小说的主要内容围绕"我"劝偷偷怀孕的妻子去公社卫生院流产，"我"和妻子已有一个女儿，"我"在北京当电影导演，作为"国家干部"的"我"带头响应国家号召，领了独生子女证，在获知妻子怀孕后，回乡动员妻子做流产手术。"我"的主张遭到妻子的反对，"盼孙心切"的父亲因我的坚决而报以响亮的耳光。小说最后以妻子怀着新生命的恋恋不舍走向手术台结尾。在《爆炸》中，生育问题还仅仅是一个"家庭事件"，围绕着生与不生，在妻子、父亲与"我"之间形成对峙，这种对峙不乏冲突，但总体上还算温和，最终"超生"事件经过家庭内部的沟通自行解决。"超生"并未溢出家庭之外衍化为"社会事件"，基层执法权力和国家机器并未介入，个体的创伤、罪性、救赎等主题尚未出场——这些内容到了二十余年之后的《蛙》中得到了集中的呈现。

《蛙》是对计划生育的一次全景式扫描，计划生育超越了《爆炸》时的"个体事件"和"家庭事件"而成为"社会事件"，成为官方与民间、群体与个体之间利益与情感博弈的交汇点，同时，计划生育也成为诸多生命悲剧、情感痛楚和伦理困境的直接诱因。莫言曾说，计划生育通过强制手段控制人口和限制生育自由具有某种悲剧性，但对于他来说，评价这一政策并不是他的最终目的，"写人"和"看到人的灵魂里面的痛苦和矛盾"是他的目的，同时，"作为写小说的人，我深深地知道，应该把人物放置在矛盾冲突的惊涛骇浪里面，把人物放置在最能够让他灵魂深处发生激烈冲突的外部环境里边。也就是说要设置一种'人类灵魂的实验室'……然后来考验人的灵魂。"① 可以说，莫言将"计划生育"视作一种"极致"的环境，在这个极致环境中，围绕"流"与"生"，让权力与情感、伦理与法律、民间与官方、群体与个体、理性与非理性等多重范畴进行并置与碰撞，呈现人的痛苦与人性畸变，小说中的每个人几乎都被卷入到了计划生育的风潮之中，众多的"病"与"疯"的意象昭示的是人的创伤。这种创伤主体从表面看似乎有受害者和施害者之分，但二者的界限有时并不分明——比如姑姑，她是高密东北乡计划生育的领导者和执行者，也是诸多家庭悲剧的制造者：由于她对计划生育工作的狂热和执着，而直接扼杀了三个孕妇和两千八百多个婴儿，正是姑姑的"坚定"和"合法性"的行动造就了不少家庭的痛苦和人格的撕裂。另一方面，执法者的姑姑面对计划生育中的暴力执法和妇婴死亡，人性发生巨大撕裂，姑姑陷入了人格的分裂和罪性缠

---

① 刘浚：《人类灵魂的实验室：莫言谈新作〈蛙〉》http://www.chinawriter. com.cn/2010/2010-02-04/82276.html

绕的痛苦之中。再如小说中的蝌蚪，主动响应国家号召动员妻子做流产手术，妻子在手术中意外死亡，可见蝌蚪是一个受害者。晚年的蝌蚪，在小狮子无法生育的情况下，明知道陈眉的代孕是非法的，但他还是试图将这个孩子生下来，以完成对从前行为的救赎，"但事实上这样的方式并不能解除他的罪，也并不能减轻他过去所犯的罪责，反而甚至是在以赎罪的形式制造出一场新的罪恶。"① 可以说，莫言设置了计划生育这样一个精巧的"人类灵魂的实验室"，以此完成了一个民族人性的畸变和罪性的形成，并由此展开救赎与忏悔的叙事之旅。

《西洲曲》是年轻的湖南作家郑小驴的处女长篇小说。近几年郑小驴的写作风生水起，评论界的声音亦是好评如潮。这与他的"80后"同代作家承受着更多的批评和质疑似形成鲜明的对比，"相对而言，'80后'小说的社会性薄弱，表现为：很多'80后'小说属于'经验写作'，表现生活本身而不指向其他意义，在思想内涵上不具有深度，对于生活缺乏价值判断，过分张扬个性和自由，社会责任意识匮乏。"② 诚然，对于"80后"作家来说，书写青春疼痛与校园生活，沉醉于个体悲欢是他们的共同的写作经验，他们的作品充满感伤、情爱、都市、物欲、冷酷这些范畴，但也留下了历史感缺失、感性与细节有余但理性不足等代际性局限。出生于 1986 年的郑小驴，似乎是"80后"作家群中的另类，他的作品中的鬼魅叙事和阴

---

① 王德威等著：《说莫言》，第 195 页，上海书店出版社 2013 年版。
② 高玉：《光焰与迷失："80后"小说的价值与局限》，《中国社会科学》2012 年 10 期。

郁美学，他对大历史的浓烈兴趣和执着书写，使他的写作与同代人早早地分道扬镳。对于他的同代作家的写作，郑小驴有着清醒的认识和自觉的距离，"80 后很多快要奔三的人现在的写作风格依旧是校园为背景的小忧伤，这令我诧异。"①《西洲曲》是郑小驴有了近十年的写作经历后的一次长篇"试锋"，尽管小说在情感表达的强度和人物刻画上存在着值得商榷之处，但小说在计划生育叙事向度上的开掘和人的生存困境／人性复杂性的书写上进行了卓有成效的探索。

　　如果说莫言的《蛙》提供了由计划生育形成的人的罪性、忏悔和救赎这一叙事向度，那么郑小驴的《西洲曲》则重在书写计划生育铁律之下人性的创伤和由此展开的复仇。郑小驴在这部作品中采用"正面强攻"的方式介入计划生育这个"庞然大物"。小说以性格孤僻、不受欢迎的少年罗成的视角展开叙述：藏在地窖里躲避工作组追捕的孕妇北妹，在一次突击检查中，因在地窖里时间过长，最终缺氧导致流产，北妹因失去孩子跳河自杀。丧妻失子之痛让谭青走上了报仇之路，先是将矛头对准了分管计生工作的罗副镇长，在湖边杀死了其独子罗圭，继而险些以残忍的方式整死村里负责计划生育的八叔。《西洲曲》呈现了计划生育实施过程中造成的死亡、暴力和家庭的破碎，以及由此带给人的精神创伤，而这种未被治愈的精神创伤又形成了人性的失范，带来新一轮的复仇和暴力。小说中的谭青和北妹是农村社会典型的"过日子"的好人，谭青是

---

① 姚常伟：《对话青年作家郑小驴》，《创作与评论》2012 年 10 期。

石门和青花滩"口碑极佳的油漆匠"，北妹是一个"给人温暖和安全"的温顺女子，妻子和腹中胎儿的死亡直接摧毁了谭青的生存意志，他的疯狂的报复除了带来复仇的快意，并未让他成为赢家，反而带来更多的灾难和更深的渊薮。《西洲曲》在故事层面是生动而精致的，小说呈现了计划生育在乡村社会的强力推行，以及由此引发的人际冲突和社会悲剧，同时，作家把这样一个宏大的主题放进"复仇"叙事的框架之中，使小说具有了趣味性和故事性；在文化反思层面，小说呈现了特殊历史条件下人性的变异和精神的失范。

《石榴树上结樱桃》从写作系谱来说，无疑属于乡土小说，但李洱的这次乡土巡礼明显意在建构一种崭新的"乡土美学"。作家自觉让自己的"官庄"区别于右派、知青笔下"那种由土地、植物，由简单的家族伦理，由基本的权力构成的乡村"①，在拆解掉乡村传统伦理与现代文明对峙的一般写作路数后，现代文明和传统因素别扭而又真实地并置在官庄的大地上：猪圈与手机、卖凉皮与当村官、合纵连横式的传统外交手腕和现代乡村选举、执拗的乡民生育意愿与计划生育政策密不透风的推行，这些繁复的意象交织成了独特的官庄政治生态和世俗景观。《石榴树上结樱桃》是一部关于乡村权力的小说，围绕乡村选举小说将官庄的日常生活和诸多政治性事件织进官庄的时空中。在这些诸多事件中，计划生育无疑是一个核心事

---

① 李洱：《问答录》，第160页，上海文艺出版社2013年版。

件——"计划生育是村里的头等大事"①，小说开篇不久的这句话便奠定了计划生育作为这部小说的叙事重心和主导情节。在官庄权力的明争暗斗中，在繁花与庆茂、庆书、小红、祥生形成的权力纷争中，计划生育既是权力中心人物繁花的一块"心病"和孜孜解决的重大问题，也是政敌庆书、小红等人牵制她的软肋。这部小说并没有采取莫言和郑小驴对计划生育的正面进攻，而是将计划生育作为官庄的一个重要"事件"，作为权力叙事的一个关键性部分。在小说中，繁花念兹在兹的是搜捕超生外逃的雪娥，同时精心布置和准备竞选事宜。超生的雪娥看似是孕检时的疏忽所致，实际上是更为隐形的权力因素在起作用。醉心于各种"亲民"表演行为的繁花最终也未能将雪娥捉拿归案，而自己也在权力的纷争中败下阵来。

《石榴树上结樱桃》的故事内部隐藏了诸多隐而未彰的叙事可能性，这些草蛇灰线让小说具有了"留白"色彩。比如繁花暗地里对庆书、尚义等人经济的追查和贪腐证据的搜集，超生在逃的雪娥尚未"归案"，纸厂的安全生产问题，妹妹繁荣对官庄的染指预示的新的权力版图，等等，这些没有展开的情节和叙事向度使这部小说成为一个充满内在张力与暗流汹涌的文本，这些没有展开的"事件"很可能引爆官庄新一轮的权力纷争和基层政治内讧。正如南帆所说："然而，喜剧所引起的笑声是否可能掩埋事实内部的另一些因素——例如激烈的冲

① 李洱：《石榴树上结樱桃》，第109页，第33页，新星出版社2011年版。

突、无告的泪水乃至暴力和血腥？"① 可以说，在李洱的乡村美学建构中，计划生育被作为一个重要事件加以叙述，但计划生育不构成李洱的叙事指归，以计划生育、乡村选举这些事件聚合而成的乡村官场生态及其背后的权力渴望与纷争是小说着重要呈现的内容。由于这部小说意在以一种崭新的美学形态和叙事方式呈现全球化浪潮下传统乡村的解体，因此，亦庄亦谐的乡村日常生活，口心不一的人格假面，基层官员的权力寻租，醉心于权力攫取的政治博弈构成了颇有特色的"官庄生态"。值得注意的是，在李洱笔下，我们看不到乡村的传统伦理、道德、礼俗，计划生育只是权力叙事的一个关键性内容，而没有传统因素的支撑，因而，李洱笔下的计划生育只有躲与追这些"行动"和"画面"，而没有病与疯、罪与悔这些情感或伦理向度。

四、计划生育叙事的难度与困境

回到本文开始提到的问题，为什么计划生育题材的小说呈现出小众化的写作趋势，且精品不多？计划生育叙事的难度究竟在哪儿？

我想，其中原因首先应该在于计划生育政策的变动性和争议性给文学叙事带来的价值判断上的困惑和无所适从。小说叙事虽然是一种虚构的艺术，但在其中必然隐含了作家的价值立

---

① 南帆：《笑声与阴影里的情节》，《读书》2006 年 1 期。

场和审美倾向。近年来随着全面二孩政策的正式实施，国家的计划生育政策已呈现出重大调整的态势。但一直以来，民间和学界对于计划生育的争鸣没有停止过。面对计划生育的争议性和不断调整，言说和叙述计划生育成了一件具有挑战性的事情，甚至还有误入"雷区"的风险——这大概是作家写作计划生育题材小说时面临的制度／政策困境。面对这种充满"难度"的写作，作家如何展开计划生育的叙事和价值评说？在本文所列举的这些文本中，有的从正面塑造和歌颂农村计划生育战线上的基层干部形象（《计生办主任》《蝶舞青山》），有的从民族生育文化心理的角度描写计划生育实施过程中的阻滞因素（《十月怀胎》）——这些小说基本不涉及计划生育带来的生命伤害、人性畸变和如何赎罪等命题，因而，其叙事难度和强度并不大。恰恰因为这些小说中歌颂农村新人／政治能人，或是展现计划生育如何在基层强势旗开得胜的这类显见主题，使这类小说的思想价值和艺术感染力大大减弱。而在莫言的《蛙》、郑小驴的《西洲曲》中，小说的重心落在了计划生育制度之下人的选择与困境、罪孽与救赎、复仇与伤害等主题上，同时，作家巧妙地回避了对计生制度本身是非的评议，甚至以夫子自道的方式表明与国家意志的一致性："我从不反对计划生育政策，只是当国家权力被集中到一个或一部分人身上时，当这部分人的个人意志超越了国家意志时，老百姓便会落于一场折腾不息的灾难。"①

---

① 郑小驴：《西洲曲》，第 141 页，第 262 页，第 230 页，第 262 页，第 262 页，第 20 页，人民文学出版社 2013 年版。

暴力叙事和暴力美学也是计划生育叙事中较难驾驭的命题。在现实的计生实践中,农村基层干部执行这一政策过程中,部分超生户由于固执的超生意愿,以不合作的姿态与执法者形成紧张关系。执法者为了推进计生工作有时会诉诸暴力化的手段。那么,具体到小说创作中,回避计生中的暴力固然不可取,如果真切书写暴力又会面临着这种认知困境:一方面,计划生育作为民族国家的一项现代化的制度设计,执法者秉公执法过程中的某些非常规手段和暴力倾向,似乎天然具有某种"合法性";另一方面,这种看似合法化的暴力是作家的良知和正义所不能容忍的,这些暴力行为构成了对个体和弱者的伤害,显示出不义的一面。那么,作家如果站在人道主义和民间立场上对计划生育的残酷性和暴力性大加挞伐,显然不够理性和科学,如果站在国家意志和基层执法者角度责难和批评超生的"刁民",也是非常片面而偏激的审美立场。陈思和在研究中国六十年来的土改题材小说时,曾指出当代文学史上土改题材缺乏杰作,对于其中原因,他指出:"我认为作家在这个题材上遇到的最大困境就是创作中如何来描写暴力的美学问题。因为在公开的土改文件上始终是强调非暴力的,制止群众中乱打乱杀的行径;但是在土改的过程中,如要完全回避则不可能……根据文件精神来写作的作家们无法解决这一矛盾,他们既无法避免土改中的暴力现象,但也无法像战争题材那样公然描写暴力美学,他们厌恶暴力,但又无法彻底给以揭露和批判，首鼠两端，形成了写作上的巨大困境。"① 由此观之，当代作家在计划生育上的写作困顿和犹豫，与土改题材上的这种困境具有很大的相似性，共同点都是作家困惑于如何驾驭暴力书写，以怎样的美学立场和价值判断叙述暴力。

《石榴树上结樱桃》如同一个交织着诙谐与严肃的乡村轻喜剧，计划生育作为一个"事件"屡屡被叙述，但小说完全不涉及计生执法中的暴力行为，李洱回避了对计生暴力的直接书写。《蛙》和《西洲曲》中有不少计生暴力的场面。我们来细看一下小说如何处理这些"暴力叙事"。《蛙》中集中描写计生中的"暴力场景"有三次，分别是围追耿秀莲、逼迫王仁美就范并实施手术、大河上追捕王胆。姑姑作为这三次计生实践的指挥者和参与者，她的疯狂追捕造成了三起死亡事件。那么，如果纯粹客观地呈现姑姑的这种冷酷与暴力，难免会使人产生对计划生育制度合法性的怀疑——暴力的极度渲染只会消解计生制度的历史进步性和重要意义，增加读者心理上的排拒感。因而，莫言在这些暴力书写中，特别写到了姑姑的悲悯情怀和人道主义施救，比如王仁美在手术台上大出血，姑姑抽了自己600cc鲜血进行施救。比如王胆大河上快临产时，姑姑停止了追捕，帮助其生下胎儿——这些温情和人性之举并非可有可无。这些细节，一方面有效缓解了姑姑疯狂围捕孕妇的暴力行径带给读者的厌恶和憎恨，计生实践的暴力化和残酷性被大大弱化和淡化；另一方面，这些细节写出了姑姑人性的丰

① 陈思和：《六十年文学话土改》，《南京大学学报》2010年4期。

富,为姑姑后面人性的觉醒和自我救赎奠定了可能性。同样,在《西洲曲》中,我们几乎很少见到对基层执法者暴力场景的渲染性书写。即使是北妹流产和死亡这一核心事件中,罗副镇长、八叔一行的执法看上去更像计生工作的常规突袭,似乎也无过度暴力之嫌。这里,在书写计生暴力时,郑小驴有着和莫言类似的"节制叙事",尽量避免对暴力场景的渲染性铺陈。暴力的这种节制叙事,可以视为作家的写作策略,但并不意味着作家与计生暴力的"和解"。《西洲曲》整部文本弥漫着浓郁的悲剧和凄婉的氛围,大量的病人与疯人的凄厉声音、婴儿山的密集坟茔、投河自杀的北妹和山西女子,无不指陈着弥漫在石门上空的这种暴力性。对于这种悲剧,郑小驴的情感是疼痛而愤激的,对于"把伤害视为一种残忍的乐趣"[1]的罗副镇长和告密者八叔这些计生执法者,作家显然"耿耿于怀"于他们的暴力和无情。因而,小说精心设置了谭青为妻儿报仇的叙事框架:设计杀死罗副镇长独生子罗圭,同时,以种种酷刑意欲处死告密者八叔——这些暴力场景得到了相当细致的描写。

需要注意的是,暴力叙事在郑小驴的笔下呈现出一种显见的"辩证法",计生暴力处于一种压抑性叙事中,而计生暴力引发的暴力复仇行为得到了强化。谭青由于受害者的身份使他的复仇行为具有了某种"正义性",谭青步步为营的复仇之路,带给复仇主体逞凶的快感和虐杀的快意时,更带给我们震撼和思考:好人谭青何以变得如此血腥?谭青试图用复仇方式

---

① 郑小驴:《西洲曲》,第141页,第262页,第230页,第262页,第262页,第20页,人民文学出版社2013年版。

完成对自我创伤的修复，这种以暴制暴的方式能否救赎个体抑或加重了个体的创伤？计划生育叙事中的暴力美学的限度在哪儿？在这部长篇处女作中，年轻的郑小驴显然还没有完成对这些问题的思考和回答，但《西洲曲》见证了一个"80后"作家对社会命题的"愤世嫉俗"和"忧心忡忡"[①]，也开启了年轻一代对历史记忆的严肃清理，而这种"见证"和"清理"可能才仅仅是一个开始。

---

① 姚常伟：《对话青年作家郑小驴》，《创作与评论》2012年10期。

追索道德之光①

——对张炜小说经典价值的一种解读

张光芒

　　经典的文本，总是能够敏锐地揭示社会历史现实；伟大的作品，总能在自我建构中渗透生命意识和人性的反思；优秀的文学，总是在字里行间显影时代文化逻辑的隐形脉络。而大作家通过作品进行人性反思、社会评判和文化考察的角度则又是千差万别的。作为当代文坛最具持续创造力和独特风格的作家之一，从上世纪80年代至今，从《古船》、《九月寓言》、《家族》、《柏慧》、《外省书》到《你在高原》、《独药

---

① 该文系江苏省社科基金重点项目"中国现当代文学学术史研究"（批准号：13ZWA001）、教育部人文社会科学重点研究基地重大项目"社会启蒙与文学思潮的双向互动"（批准号：16JJD750019）阶段性成果。

师》，张炜的笔触始终游走在探寻知识分子与思想者精神隐秘的历史现实文化腹地，从道德反思的角度对 20 世纪纷繁复杂的社会生活的现实逻辑和文化本质进行着深刻而独特的揭示。尤其自上个世纪 90 年代以来，社会经济文化和思想意识的转型加剧，消费意识形态对传统伦理道德观构成猛烈冲击，美即是真，以审美取代道德的观念正在内化成为现代人的思维模式，这无疑对文学的写作传播方式、叙事伦理以及阅读评价标准产生了巨大而广泛的影响。

身处实用功利主义和消费审美意识形态双重挤压的文化背景中，张炜仍旧坚执其"抵挡整个文学潮流的雄心"[①]和建构"道德高原"的初心，将"谁来救救我，谁来救救人？"的世纪追问（《古船》）继续推进为"对自己大声的质询"和对摆脱种种束缚抵达"羽化成仙"（自由）境界的深切追问：你在哪里跌进了深渊？"父亲到底犯了什么错"？到底有没有拯救世道人道、建构完美道德人格、抵达自由境界的"独药"？（《独药师》）它在哪里？在葡萄园，在野地，在高原，还是在阁楼？它到底是什么？是养生，是启蒙，是爱情，还是革命？

一、道德之光，照亮通往高原之途

在当代作家群落中，张炜是最有道德感的小说家，没有之一。这样说，也许有些突兀，甚至不无武断之嫌，不过仔细想

---

① 张炜：《纯文学的当代境遇——在山东理工大学的讲演》，《在半岛上游走》，第 107 页，北京，作家出版社，2009。

来，要想抓住张炜创作的特色，他最具个性的叙事伦理，除了道德感，还真没有更准确的关键词。道德感与道德主题、道德题材不同，应该说，每一个作家的创作都或多或少涉及到道德的主题，也永远离不开和道德有关的文化场域；但是道德感不同，当一个小说家在审美世界自由驰骋的时候，当他在进行着精神的高蹈的时候，他是可以远离道德感的。这也就是说，即使一个小说家笔下建构的是道德叙事，他也不一定就是具有道德感的叙述者，对于持有一定程度的道德相对主义或者后现代主义思想观念的作家来说，尤其如此。而对于道德感非常强烈的作家来说，他无论叙述的是什么内容，哪怕表面看来是不具备道德伦理色彩的故事，其叙事动因、其评判标准、其价值指向却莫不弥漫着强烈的道德气质。张炜便是这样的一个作家。

张炜创作的道德感首先表现在他始终秉持着从道德出发观察社会、反思历史、探索人性的创作初衷，关注着知识分子与思想者的精神家园，坚守"知识分子写作"的主体意识和审美立场，有意识地继承以鲁迅为代表的中国几代知识分子写作传统，在现实和历史、精神和存在、民族文化和西方思想资源的碰撞交接中梳理知识分子和思想者的"精神图谱"，为新时期中国文学画廊奉献了一系列新型知识分子形象：表面身份是"农民"，却有强烈救世情怀和罪感意识的"启蒙型"思想者隋抱朴《古船》）；具有强烈责任感和道义感，敢于直面人生又怀揣行吟梦想融入野地的"皈依型"知识分子史珂（《外省书》）；反思社会、渴望实现人生理想的"思索型"知识分子楷明（《能不忆蜀葵》）、"我"（《柏慧》）；以宁周义、曲予和宁珂等为代表的忧国忧民，具有较为浓郁的"侧身庙堂"思想意识的"为民众"的知识分子；以及季昨非这样身处古今中外文化碰撞的暴风口，在养生、革命、爱欲之间不断纠结却又孜孜以求建构有尊严、自律的现代道德人格的"追问型"知识分子。

此外，张炜道德叙事的独特审美气质更在于其创作始终充盈着建构具有象征意蕴的"高原"意识的冲动，试图为知识分子写作敞开新的审美维度和精神路向。这种高原意识在本质上是一种道德理想主义的精神诉求，在历史理性与价值理性、传统与现代、精神与存在等种种矛盾中具有先验的评判性。这片有着新农场、圈养和野生动物、大海和小河、被太阳晒得黝黑的身躯，以及在风中摇动、漫山遍野开遍的金色的菊芋花的高地，在张炜的叙事中被视为知识分子的精神家园，是"无边的游荡"结束后知识分子的心灵寄托之处（《你在高原》第十卷），呈现出浓郁的人文情怀。

知识分子精神图谱和高原意识的梳理、建构经历了去芜存菁、上下求索的艰辛过程，也是作家从道德出发，追问、质疑、抵挡种种时代思潮诱惑，辛苦耕耘的精神成果。"知识分子写作"不等同于描写知识分子形象和选择知识分子题材。乡村、大地是张炜作品的核心审美意象，我们不难理解其作品中不时呈现出农民文化审美意蕴，但是这些作品的浓郁的人文情怀和道德追问更呈现出"知识分子写作"的精神气质，在张炜笔下，即使人物形象是农民，那也是知识分子心中的农民，何况隋抱朴这样的思想者本质上就是知识分子。早期农村题材作品可以看作张炜道德叙事的精神源头，也是他开启独立思考与表达的第一步，自然也离不开启蒙精神的关照。以现代性诉求为指归重构新文化价值框架的百年路途之中，启蒙主义以其坚定的理论力量与创作业绩表现出整合新文学的理性倾向与功能，成为"五四"以降颇受瞩目的新型研究范式与批评术语。但是，在新民主主义革命与民族革命的大背景下，随着文学与社会学的对应关系日益明晰，乡土文学一方面感时应运，在新文学的河床上冲刷出鲜明而阔大的民间审美景观；另一方面也以其模式化的阶级对立结构、政治中心情结与大众审美追求将这种宏大叙事推到了极致，启蒙渐渐疏离了启发理性的真正目的。

新时期伊始，随着时代主潮由政治、革命、民族、国家置换为科学、知识、进步、自由等新型文化语符，启蒙者、启蒙实践与被启蒙者贫困、落后的真实存在之间形成了有意或无意的隔膜与误读。此期不少作品（比如《乡场上》）呈现出用经济发展作为人的发展衡量指标的倾向。而张炜早期作品《老碾》、《猎伴》则突出经济宏达叙事的幻象，显现出用道德理想主义激情拯救苦难萎顿的农村现实的企图，《达达媳妇》对"好人好事"的梳理与记录，《黄烟地》将大公无私与自私保守这一尖锐矛盾置插于父子之间的艺术匠心，及其标举的美好幸福的愿景等等，虽然稍显幼稚空泛，但其叙事的道德感已经穿透当时流行的经济社会学模式。在《一潭清水》、"秋天"系列中，传统道德和现代理性之间的审美张力已更趋明显，老六哥对传统仁义观念的反驳和对个体利益的坚持，和隋不召

（《古船》）在精神气质上一脉相承，《古船》更是直接提出了富有代表性的知识分子命题：怎样才能使民族文化这条古老的破船驶出港湾走向世界？科技理性、资本主义生产方式、封建宗法主义、国民性格、世俗化倾向等等，哪些推动民族文化的博兴，哪些阻碍民族文化范围内人性的解放？这也是张炜道德思考的核心问题之一。《古船》在当时引发受众强烈、深刻、新异的审美感受正缘于此。450万言的《你在高原》更是作者殚精竭虑、上下求索，试图为百年知识分子写作建构"高原"的精神之旅。

二、道德之光，煅铸批判的利剑

"高原在远方"，平原则在脚下。在这样一个迅猛发展、多元纷杂的时代，不少人慨叹现实远比小说精彩离奇得多，作家似乎丧失了描摹、揭示社会现实的能力，文学对现实的揭示、想象似乎落后于生活，对当下道德人性的探索似乎也不够深入。在这种状态下，张炜的道德叙事显得尤为可贵，从《九月寓言》、《家族》、《柏慧》、《外省书》、《能不忆蜀葵》、《丑行或浪漫》到《刺猬歌》、《秋天的愤怒》、《蘑菇七种》，甚至在《野地与行吟》、《怀念与追忆》、《风姿绰约的年代》、《绿色的遥思》等各类作品里，张炜都在建构高原意识的同时，以"融入野地"的决然姿态对对种种名义遮蔽下的"暴力"以及庸俗主义、功利主义等进行了深刻的揭示和批判。

道德高原意识的建构热情赋予了张炜孜孜不倦的追索动力,他始终最奋力地抵制种种妨害作家创作纯洁度的时代性"喧嚣",以把"这个时期思想和创作界的一切喧心和嚣作为腐殖,全面地营养自己,从中孕育和培植独立的生长"①的勇气,砥砺反思封建宗法主义、追梦政治革命理性、现代科技理性、启蒙理想主义、世俗化等等思想文化浪潮的诱惑,深刻揭示了被各种宏大叙事遮蔽的现实。早期作品《一个人的战争》写了一个"英雄"扰民的故事,这个获得"英雄"称号的人没有消灭过一个敌人,没有为人民做过一件实事,只敢远离敌人炮楼子对着天放空枪。《九月寓言》是关于自然、生命的寓言,作者天然倾向于自然、童心、大地的浪漫诗人气质在这部作品中尽情显露,自然在这里不仅是人类生活的背景,也是和人类休戚与共的生灵,它有自己的喜好和个性,既创造了露筋、金祥这样鲜活灵动的生命,也有戏弄、扼杀人类的山野恶煞。在"家族"叙事中,张炜也以精神上的纯洁与污浊的对立突破了传统血缘家族概念,创造出"神圣精神家族"的形象画廊,对沉沦于现实日益失语的李咪、吴敏、涓子、梅子、娄萌、宁缬等非理想性知识分子(《你在高原》),还有瓷眼等假知识分子也进行了毫不留情的批判。

对现代科技理性的话语霸权进行反思,深刻揭露现代文明语境中道德失范的社会现实,是张炜揭示社会现实文化内在逻辑的一个重要方面。在《古船》中,作为民族苦难与家庭苦难

---

① 张炜:《精神的背景——消费时代的写作和出版》,《上海文学》2005 年第 1 期。

的沉重的承受者与清醒的反思者，隋抱朴一遍遍咀嚼、钻研
《共产党宣言》、《天问》，将自己的道义付诸实践，试图去
拯救粉丝厂、拯救洼狸镇、拯救人类，从自我解放追梦人类解
放，在彰显民间精神批判与审美的双重张力的同时，也展现出
追梦现代科技文明的理想。而进入90年代后，作家则越来越看
到了现代理性泛滥造成的人性异化，唯利是图的庸俗实用主义
和拜金主义引发了作者的愤怒："在通往现代化的道路上缺乏
坚定的战士，而只依靠一帮惟利是图的家伙，那个'现代化'
真的能够来到，又真的那么可爱吗？有时我甚至想，与其这
样，还不如再贫穷一点，那样大家也不会被坏蛋气成这样。大
家都没有安全感，拥挤、掠夺、盗窃，坏人横行无阻……大多
数人被欺负得奄奄一息的那一天，'现代化'来了也白来，我
可不愿这样等待。"① 在不满"诗人为什么不愤怒"的同时，
《柏慧》的叙述者发出了"我决不宽容"的誓言，"不是嫉，
不是怨，而只是仇恨。永远也不忘记，不告饶，不妥协，不后
退。"在张炜看来，虽然"在一定的时期内，信守真理、拒绝
盲从、思想的纯洁与坚定，都可能被视为保守。但我们知道，
这种保守对于今天有多么重要。历史多次证明：往往是千辛万
苦、耗费了几代人的血汗换来的经验成果，在不经意间就被抛
弃和打碎了。社会就这样进入了全面毁坏和倒退的历史。"②

① 张炜：《仍然生长的树》，《忧愤的归途》，第103页，北京，华艺
出版社，1995。
② 张炜：《儒学与变革》，《纯美的注视》，第76页，上海，上海远
东出版社，1996。

在很多作品中，作者痛心疾首于唯利是图、拜金主义对传统道德文明的破坏，"现在不断有人怂恿人民去经历金钱的冒险体验，去消受可能来临的豪华和富丽，其实这是虚幻的泡沫。大地会惩罚这种种罪孽。那些没有根基的楼堂、华丽的宫殿都会倒塌，那些刺耳的音乐也会中断。一个民族如果迷入了不幸的狂欢是非常可怕的。"①

此外，张炜对打着个性解放的性道德沦丧的现状也进行了猛烈抨击：他通过人物之口，对现代主义进行了犀利反讽："真正的现代主义"写作"应该有精液、屁、各种秽物，再掺几片玫瑰；特别是精液……"如在《外省书》的叙述者看来，现代文明对传统道德文化从形式（语言）到内容的"冲撞"和"颠倒"直接造成了人性的堕落，更有甚者打着"追求革命"、"个性解放"的旗号无限放纵，"人工海水浴场的大玻璃房子里的妓女"无疑是人性堕落最触目的景观。张炜虽然在鲈鱼身上刻意隐藏了自己思想锋芒之所指，然而如果对文本进行仔细地解读，我们便会发现，表面上看，鲈鱼是一个投身火热的革命战争、具有高度革命信仰同时又真诚地缔造并迎接一次次革命恋爱的"革命的情种"。他热爱革命，因此也热爱革命中的女人，他因为革命而不期然遭遇了种种革命爱情。虽然他的行为有些出格，也因之受到批评，可是正如一位妇女主任所说的那样，对这样一个热爱革命、又没有爱人照料的小伙子，还能要求他怎样呢？鲈鱼对如此知己的妇女主任由衷感激，他热烈

---

① 张炜：《可怕的狂欢》，《齐鲁安泰》，第3页，上海，上海书店出版社，1998。

地赞美妇女主任："你多么优秀！你身上全是咱老区的传统！我怀念呢！"早已热血沸腾的妇女主任终于忍不住了："我这个人是个直性子，干脆说明了吧，你想干什么？""他心头热胀，伏上她的耳边说了，她一拍大腿，'就是啊，都是自己人，说出来怕什么？'"这一段描写可谓寓意丰厚。与其说是志同道合的激情使这对革命男女情不自禁产生了性爱的冲动，不如说打着革命的旗号为性的放纵提供了冠冕堂皇的理由，以至于他结婚之后仍保持着裸露着巨大的身躯在床上寻找革命女伴的习惯，他身上的伤疤到了和平时期仍旧是其获得女性崇拜的最重要的因由。另一方面，史珂被派游历美国，其纯正典雅的人性、宁静古朴的性格尤其是高洁的性道德观在污七八糟的现代文明语境中的必然遭遇，无疑是叙述者精心安排批判泛滥的科技文明的有力实践，其间的碰撞、焦虑、难堪、愤怒越甚，其批判的力度越强。

愤怒的诗人"只剩下了拒绝"，拒绝道德堕落，拒绝不加约束的泛滥的现代科技理性对人性的侵蚀，他们渴望"融入野地"，追求一个"简单的真实"："城市是一片被肆意修饰过的野地，我最终要告别它，我想寻找一个原来，一个真实。"于是，乡野生活洋溢着"田园诗"般的淳朴与清新鲜活起来，干活、吃煎饼、打老婆、在野地里奔跑，心甘情愿"老老实实地、一辈子做个土人。"（《九月寓言》）在温馨的土地上和美丽的葡萄园里，张炜"寻找什么的愿望很强烈"，"假使真有不少作家在一直向前看，在不断地为新生事物叫好，那么就留下我来寻找我们前进的道路上疏漏和遗落了的东西吧！"①
而这疏漏和遗忘的，应该是就日益被消费大众文化遗忘的道德
的身影。

三、道德之光，导引自由之境的完成

　　从道德出发建构高原意识的激情始终支撑着张炜小说叙事
的动力大厦。一方面，作家对现实道德文化的揭示日益犀利老
道，且有强烈的前瞻性、预言性，以"融入野地"的激情对一
切非道德的因素进行控诉；另一方面，浓郁的人文情怀和生命
意识也在推动他进一步用手中的笔延续着这样的"天问"：
"人为什么生活？人的最终出路在哪里？"（《古船》）纯粹
此在的、经验的、世俗的生活是否足够温暖人的灵魂？换言
之，作为一种精神的动物，人类是否能够拒绝超验精神的指
引？对人类终极意义的追问是张炜试图剥离一切宏大叙事所加
于人类灵魂的此在束缚、还原道德主义先验本质动力和表征。

　　随着年龄的增长和思考的深入，张炜不屈抗争、勇敢求索
的道德叙事在悲愤、激昂之外增添了沉潜、内敛的多元化审美
气质，这也得益于他继续深入挖掘传统文化精髓和探求西方道
德文化资源的努力。前者在其相继出版的《也说李白与杜甫》
和《陶渊明的遗产》等专著中可见一斑。尤其通过对陶渊明
文化人格的解读，张炜在突破了以往公认的陶氏隐士品格的认

---

① 张炜：《美妙雨夜》，第 420 页，上海，上海文艺出版社，1991。

知的同时，彰显了对尊严、健康、积极、自由的生命态度和状态的赞美，而这一观点也得益于张炜对康德思想的研究，康德说：个体应当理性的、自律地和有尊严的活着。唯一绝对的，最高贵的东西是人格的价值和尊严，"在我的人格中，道德法则向我启示一种独立的生命，一种独立于动物性，甚至独立于全部感性世界之外的生命。"① 这一经典的哲学观念对张炜影响之深，已经不止于理性的思考和接纳，更渗透至其文学创作的字里行间。张炜在对陶渊明的解读或者说是心灵的对话中，便充分地体现出对于生命的最高境界与道德完成之间的独到思想。在张炜看来，陶渊明绝非人们通常认为的那种"隐士"，他恰恰是在"逃离"中"完成了自己，秉持了文明的力量"。陶渊明无时无刻不在"法则"的笼罩下做出"个人的思索、个人的判断；他的幽思，他的行为，他的动作幅度"都"表现了生命的不屈、强悍以及抵抗到底的强韧精神。这非常了不起。"所以说，"在血腥的对手面前，他逃离了；在韧忍的坚持中，他完成了。"②

此外，网络时代现代个体身心俱疲的亚健康状态也日益引发作家关注，出生于山东龙口的张炜深受家乡源远流长的养生文化的影响，蓬莱、黄县、掖县一带有很多关于长生不老的传说，他认为养生即养心，两者是一枚硬币的两面。长期以来，张炜一直想就这一话题展开新的叙事探索，渴望通过对身体的

① 康德：《康德文集》，第307页，北京，改革出版社，1997。
② 张炜：《陶渊明：在魏晋这片丛林》，《钟山·2016长篇小说》A卷。

169

关注寻求通向精神自由和道德完善的新的途径。《古船》中就曾经出现过一个很关注养生的人物形象四爷爷。2016年张炜推出的新作《独药师》更是得偿夙愿，以山东半岛养生秘术文化为背景，讲述了身处十九世纪末、二十世纪初这一"数千年未有之变局"的第六代独药师传人季昨非在养生、革命、爱欲的纠缠之中苦闷又彷徨的心路历程。养生术天然具有神秘的色彩，加上将任务放置于古今中外冲突碰撞的文化语境，这部作品的确像某些评论家所言呈现出某种转型的气质。

小说由楔子、正文和附录构成，楔子写叙事者大学毕业后在图书馆老库房里发现一个晚清时流传下来的小手提箱，里面有不同颜色的纸张，深深浅浅布满由毛笔或钢笔写成的字迹，间或还夹杂着些英文。笔记的作者是半岛首屈一指的实业家也是第五代独药师传人季践的独生子，也就是第六代传人季昨非，他花了二十多年的时间将季昨非的笔记做了整理，这也就是小说的正文部分，而这一部分则与附录即季家管家笔记构成互文关系。小说的叙事节奏、叙事重点较以前的作品发生了变化，收敛了批判激情，题材上虽然如前所述涉及不少新鲜的话题：革命、爱情、养生，但是整体上并不追求戏剧化情节。革命、爱情、养生等各方面代表人物的行为也多通过季昨非视野展示，杀人、起义等重大事件的发生也多为侧面描写，主要作为季昨非思考人生、人性、人格的契机。

作为小说的主线，季昨非的人生之思其实延续的是其父亲的思考。换句话说，季践的亲子（养生术传人季昨非）和养子（革命者徐竟）分别是季践所思考的养生与革命这两个层面的实践者。父亲晚年陷入迷茫：养生的意义何在？支持革命者的行为从而和其他养生家分道扬镳是否应该？由南洋迁移到东方长生术发源地的半岛的季家，历经几代代传人，其祖上一位独药师的秘制方药海内外闻名，到第五代季践，实业发达但养生术走向末路。他的早逝（74 岁去世）更令人难堪，成为引发季昨非思考的导火线，他不停追问这样的问题：父亲犯了什么错？到底什么是错？我们不能犯什么错？养生术的最高境界是永生，"不犯错"而羽化成仙，这是养生者的终极目标，但是由于种种原因，人总是无法避免犯错，导致这一境界远未实现。从某种意义上说，这也是人不可避免的宿命。可是，无论是临终前仍旧大声宣传革命理念的徐竟，还是主张启发民智的改良派革命者王保鹤；无论是试图从养生术和自律中寻找通往自由之境的季昨非，还是深受西方基督文化影响的季昨非的恋人陶文贝，他们都不愿自我放纵、沉沦，而是倔强地追求着、思考着建构自我完美人格的途径和意义。

回首张炜的创作我们不难发现，虽然作家有着对自然诗意的向往和传统文化精粹的无限怀念，但其作品的道德感不是单调的理念复述。面对众生喧哗的世相，张炜对凌空高蹈或亲地绵延的纯洁诗意情有独钟；在烦琐嘈杂的人生旅途上，张炜更青睐于灵魂深处、彼岸世界的公平正义的道德求索；在忙忙碌碌于以解构、建构的叙事游戏把玩先锋、新写实、新历史主义的庞大文人圈外，张炜好似剑光冷森，孤傲绝尘的侠客，抗着人文主义的旗帜，将"纯美的注视"投至悬遥飘逸的道德精神领域，以朴实的语言拓展出一条仅属于高傲的内心世界的通联之路，如荆棘鸟义无反顾地在历史与现实、理想与世俗之间咳血吟唱。作家追求的终极价值之所在，也许已经凝聚在"你在高原"四个字之中了，那是一种召唤，呼唤着你、我、他，呼唤着所有的人，攀登道德的高原！

作者简介：张光芒，南京大学中国新文学研究中心教授，博士生导师。

第七届

小说的极限、准备与灾异

——关于《众生·迷宫》的题外话

何同彬

这样的作家并不是病人，更确切地说，他是医生，他自己的医生，世界的医生。世界是所有症状的总和，而疾病与人混同起来。

——德勒兹

小说几乎吸收并凝聚了所有作家之力，却看似从此走上了穷途末路。

——布朗肖

一

严肃而恰当地谈论黄孝阳及其作品，是艰难的。作为一个拥有罕见的写作意志的小说家，他把任何一次写作当作一项写作学、精神现象学、谱系学和博物志的极限运动，对于小说的本体（或者按照他的说法：小说灵魂）充满了言说和实践的乐趣（欲望），试图在不断"挑衅"边界、界限的书写中，激发小说那似乎取之不尽的活力。

《众生·迷宫》是黄孝阳有关绝对、极限的又一次练习。延续了他在《众生·设计师》之中关于"当代小说"、"探索一种新的小说美学"①的宏伟构想，《众生·迷宫》同样是一部充满未来感的"野心"之作。"五十年后，我或许会被人谈论；又或许被彻底遗忘。"②正如黄孝阳提出"量子文学观"，力图用"最前沿的物理学研究所提供的各种前瞻性理论，为未来千年文学指引方向"③，《众生·迷宫》并不仅仅着眼于启发当下，黄孝阳早已经预设性地把它放置在卡尔维诺"未来千年文学备忘录"和布朗肖有关"未来之书"、"小说之光"的范畴中："幻想精神"、不竭的探索，指引方向，或者显现可能。

---

① 黄孝阳：《众生》（后记），《钟山》2015年第3期。出版时改为《众生·设计师》，作家出版社2016年版。
② 黄孝阳：《众生·迷宫》（后记），《钟山》长篇小说专号2017年A卷。
③ 黄孝阳：《写给对小说灵魂有兴趣的人》，《艺术广角》，2011年第5期。

此时，黄孝阳再次化身卡夫卡《城堡》里的土地测量员K，他手持一根多节的手杖（笔），自己委派自己去做一项"边界勘定"的工作，对于当代中国小说固有的秩序和边界而言，这一工作无疑是"开战"宣言，具有显著的越界性和挑衅性。而且，"在土地测量员的术语中，K代表kardo，这个名词来源于'它把自己指向天空中的方位基点'。"① 所以，才有"众生"的俯视性，才有"看见上帝"、"看见人子"和"星辰"的喜悦②，才可以"于万丈高空中审视这条苍茫的文字之河"③，才会经由"维度"之高目睹"让人情不自禁屏住呼吸的光影奇迹与宇宙意志"④，才能像卡夫卡所计划的那样："反思人类与人类之上的、超越人类的事物之间的边界问题。"

对应于这样一种也许过于高蹈的"天空"的基点，关于《众生·迷宫》，黄孝阳有一套涉及"塔罗牌"、"123"乃至"太极两仪三才四象五行六合七星八卦九宫"等的神秘主义话语⑤，有意无意地在为读者的阅读设立"路标"，意图在于指引和限定。这是黄孝阳特有的写作策略和话语方式，在有关《人间世》《旅人书》《乱世》《众生·设计师》等作品的书写、讨论和引证中，我们会经常看到他非常专注、认真地

---

① ［意］吉奥乔·阿甘本：《裸体》，黄晓武译，北京大学出版社2017年版，第63页。

② 《众生·迷宫》（后记），《钟山》长篇小说专号2017年A卷。

③ 《写给对小说灵魂有兴趣的人》。

④ 黄孝阳：《小说的现代性——从斗战胜佛说起》，《太湖》2017年第2期。

⑤ 《众生·迷宫》（后记），《钟山》长篇小说专号2017年A卷。

分享着自己的写作意图、构想，以及读者、研究者的心得、体会①。阅读者如果过于重视这些"路标"，或者方向的指引，往往会被导向一种正确的"歧途"，或者错误的对话关系。

已有的、有限的针对黄孝阳及其作品的评论、批评构建的对话关系往往是社交性、敷衍性的，沿着黄孝阳的"路标"和指引进入既定的小说历史的范畴，在批评的仪式残余及主体虚荣心的残余之处所反复演练和形成的那种友好和默契，其价值和意义非常有限，甚至是对黄孝阳及其作品的一种特别的轻慢；阅读者一旦被卷入"极限"和那些可移动的边界，在获得辽阔和无限的同时，也会被无法接近的晦暗和漫无边际裹挟，要么在惯有的话语中"迎合"、扩展②，要么失语、放弃。因此，在与《众生·迷宫》及黄孝阳对话之前，必须越出"极限"，站在"天空"的基点之外，回到小说和写作者的肉身，以架构一种追问和质辩的关系。

简单讲，《众生·迷宫》到底写了些什么，于我而言，并不重要（我甚至不觉得有重读的必要），就如同面对黄孝阳关于小说的那些滔滔不绝、"振振有词"的雄辩论述，它们是否正确，是否能够在文本实践中实现，也不重要。在德勒兹看来，"写作是一个生成事件，永远没有结束，永远正在进行

① 在《众生·迷宫》（后记）里，黄孝阳就有意无意地列举了弋舟、李宏伟、程德培及一些读者对这部作品的肯定。《钟山》长篇小说专号2017年A卷。
② 比如黄孝阳所期待的："若有必要，是不是可以用十倍的篇幅阐释它，不仅是评论与解析（如《微暗之火》）。"《这人眼所望处——关于一些文学问题》，《艺术广角》2014年第1期。

中，超越任何可能经历或已经经历的内容。这是一个行程，也就是说，一个穿越未来与过去的生命片段。"①而在黄孝阳孤绝的小说观念里："小说是一场一个人的战争。一个人开始，一个人结束，甚至是一个人的阅读。"②一种有效的批评和对话，就是要呈现极端的"个人性"中风暴一样的"事件性"，即《众生·迷宫》的出现是一个值得关注的"文学事件"③，作为一个极端的写作行为，它为什么出现，将把我们引向何种希望（困境）才是重要的。伊格尔顿告诉我们，好的文学批评应该关注的是文学的这种"事件性"，"是作者的写作策略和读者的阅读策略，是文本、读者和作者之间的戏剧性对话，是这种策略和背后的深层"语法"（grammar）。"④

遵循这种批评的路径，我只能把自己关于《众生·迷宫》的评说称之为一个溢出了文本边界的"题外话"。这部作品首先让我想到了罗兰·巴特的《恋人絮语》，马尔蒂给予的评价是："这是一本极其个性化、自恋的著作，是一个当时的知识分子在思考过程中列入现代性的某种主观的题外话，是一本

① ［法］德勒兹：《批评与临床》，南京大学出版社 2012 年版，第 1 页。

② 《写给对小说灵魂有兴趣的人》。

③ 这部作品在践行着黄孝阳所设定的"当代小说的任务"："那些少有读者光临的小说深处，世间万有都在呈现出一种不确定性——而这是唯一能确定的事件。"《这人眼所望处——关于一些文学问题》，《艺术广角》2014 年第 1 期。

④ 但汉松：《把文学还给文学：伊格尔顿〈文学事件〉》，《天南》2012 年第 9 期。

孤独的书。"①《众生·迷宫》本就是中国当代小说的"题外话"，因此也就无可选择地成为一部孤独之书，黄孝阳在《众生·设计师》的"后记"中宣告："人是孤独之子。孤独是人的一个精神器官"，"它让自我更清晰，让你更懂得与世界的沟通方式，对现实抱有更深的热情。"卡夫卡在写《城堡》、写那个自己给自己发放勘察边界的委任状的 K 的时候，也描述过类似的孤独。孤独来自一次"精神崩溃"，这一崩溃切断了卡夫卡内在世界和外在世界的联系，促使他"内心所产生的狂野"陷溺于一场"追逐"——不停歇地追逐表象，向着与人性相反的方向。此时，孤独达到顶点，并且走向疯狂，游荡在迷路和歧途②。也许，黄孝阳在书写《众生·迷宫》的时候经历了同样的心路历程，尽管他对孤独自身的向度更乐观，但却无法掩饰文本所表现出的疯狂——对边界无节制的攻击。正如卡夫卡深知，远离了疯狂，也就远离了上升，黄孝阳为了上升至"天空中的方位基点"，为了"一种诗意的神学"，他必须选择疯狂，选择孤独："当代小说最重要的职责将是启人深思，帮助人们在喧嚣中发现孤独，发现生命，在众多一闪即逝的脸庞上瞥见天堂。"③当然，他也很清楚孤独的"副作用"："你很难不被别人视作怪物。"④

———————
① ［法］埃里克·马尔蒂：《罗兰巴特：写作的职业》，胡洪庆译，上海人民出版社 2011 年版，第 143 页。
② 《裸体》，第 64、65 页。
③ 《这人眼所望处——关于一些文学问题》。
④ 《众生·设计师》（后记），《钟山》2015 年第 3 期。

二

　　黄孝阳对中国当代小说的不满经常是溢于言表的，为此他留下了太多新颖的、极端的观点、理论，同时笔耕不辍，试图用自己满怀诚意和野心的小说实践来启发当下，拓展更具当代意识和广阔视野的小说道路。这一过程类似德勒兹借普鲁斯特之口探讨的"写作的问题"："正如普鲁斯特（Proust）所言，作家在语言中创造一种新的语言，从某种意义上说类似一门外语的语言。他令新的句法或句法力量得以诞生。他将语言拽出惯常的路径，令它开始发狂。同时，写作的问题同看或听的问题密不可分：事实上，当语言中创生另一种语言时，整个语言都开始向'不合句法'、'不合语法'的极限倾斜，或者说同它自己的外在（dehors）展开了对话。"① 在写作的某一时刻，黄孝阳关于小说的意识到达一个令其再也无法满足现状的峰值，他开始反复地痛苦思索关于小说和语言的本体问题：小说是什么？它有什么样的传统，是否已经耗尽自己，沦为"被遗忘的存在"②？什么是当代小说？……无论是由此衍生的信誓旦旦、言之凿凿的小说宏论，还是卷帙浩繁的小说文本实践，均呈现出罕见而偏执的向"不合时宜"的极限倾斜的努力。这些努力严格意义上是"反小说"的，它们溢出了传统小说观念和当代中国小说普泛的美学边界，凭借其极端性及显豁

---

① ［法］德勒兹：《批评与临床》（前言），南京大学出版社2012年版，第1页。

② 《写给对小说灵魂有兴趣的人》。

的"写作意志"而在当代小说模糊的创新期待中获得看似"不菲"的肯定,但这些肯定基本上毫无诚意,根本不足以对应黄孝阳为达到"极端时刻"所付出的努力和蕴蓄的"期望"。这一悖谬、失落或"幸福的转向"与巴塔耶描述的"性快感"、情色,有着某种奇妙的对应性:"对人而言最有意义的东西,最强有力地吸引他的东西,就是生命的极端时刻:这个时刻,因其挥霍的本质,被定义为无意义。它是一个诱惑,一个不应发生的时刻;它是人身上固执的动物性,却被人性献给了物和理性的世界。于是,最为初心的真理,落入了一片可憎又难以接近的晦暗之中。"[①]这种"晦暗"最终揭示了黄孝阳努力与小说的历史和现状所进行的对话,不过是他与自己(主体)的身体进行疯狂的、极端的对话的某种折射,或小说构成了他的激情和身体的某种"假象"。因此,看起来对小说的现状和未来忧心忡忡的黄孝阳其实关心的并不是"小说",他只不过是通过小说来关心自己——通过幻想小说、小说的"大计划"来实现;所以他的小说理论和小说写作实际上已经离开了"小说"这一文体本身,黄孝阳也游离出小说家的主体范畴,开始向哲学家或诗人的维度倾斜。《众生·迷宫》于是不可避免地成为黄孝阳又一次关于小说的"题外话",或者再次作为黄孝阳思索"人生问题"、回应主体焦虑的注脚,如同晚年的罗兰·巴特:黄孝阳每一部新的小说都像是为写一部"真正的小说"精心做着"准备"……

---

① [法]巴塔耶:《幸福、情色与文学》,《文字即垃圾——危机之后的文学》,重庆大学出版社 2016 年版,第 63 页。

　　"回家后，空荡荡的寓所；这是困难的时刻：下午（我会再谈到）。孤身，忧郁，→腌渍态；我用心努力地去思索。一种想法浮现了，某种好像是'文学的'转换的事物——有两个老旧的字出现在心间：走进文学，走进写作；写作，就好像我从未写作过似的，除了写作什么也不要……"①，熟悉黄孝阳的人看到罗兰·巴特在法兰西学院名为《小说的准备》的课程讲义，难免产生一种奇异的联想，作为哲学家的罗兰·巴特与作为小说家的黄孝阳，在"人生的中途"相遇了："来自命运的一个事件可能突然到来，标志、开始、切开、连续，悲哀地，戏剧性地，这个逐步形成的沙丘，决定着这个十分熟悉的风景之逆转，我已称之为'人生的中途'：这应归之于悲哀"，"一种剧烈的丧痛可能构成这种'个别性的顶峰'；标志着决定性的转折：丧痛成了我生活的中途……"，"我将必须选择我的最后生活，我的新生……我应当从此黑暗之地离开；是重复工作的耗损和悲痛把我带临此境。"

　　罗兰·巴特从但丁那里引申出的"人生的中途"和年龄无关，只关乎一种生存状态，那一刻，他对一切"重复的内容"感到了从来没有过的厌倦，他想到了西西弗斯："使他丧失自己的不是其工作的虚荣心，而是其工作的重复性。"于是他感觉到"丧痛"，有了一种关于文学的"危险的感觉"：消费主义、反智主义，小说还有机会吗？"自普鲁斯特之后，似乎没

————————
① [法]罗兰·巴特：《小说的准备》，李幼蒸译，中国人民大学出版社2010年版，第21、22页。以下相关内容均引自《小说的准备》第13—35页。

有任何小说'脱颖而出',进入到宏伟小说（grand roman）、小说巨著的范畴。……今日小说还有可能么？还有正当性么？"

黄孝阳与罗兰·巴特一样，甚至更严重地遭遇"人生的中途"——在我认识的作家里，我不知道有谁还像黄孝阳那样，把自己顽固而无奈地放置在那种孤独、忧郁、单调的"腌渍态"里。他所有对于文学的不满、狂想，都是对自己干瘪、无聊的日常生活的一次次报复；他在日常生活中有多么单调，在小说实践中就会有多么自我戏剧化。写作，或者明确说，小说写作，此时对于黄孝阳来说隶属于"写作的幻想式"（fantasmes）："此词具有欲望的力量，即相当于所谓的'性幻想式'的用法。一个性幻想式＝包含一个主体（我）和一个典型客体（身体的一个部分，一次活动，一个情境），二者的联合产生一种快乐→写作幻想式＝产生着一个'文学对象'的我；即写作此对象（在此，幻想式通常抹削了种种困难和性无能），或者几乎终止写作此对象的我。"对于这样一种"快乐"而言，或者一种"属于色情领域"的"冲动的实践"而言，写作的幻想式是小说还是诗歌并不重要，关键在于写作的主体选择了何种代码。对于黄孝阳的《众生·迷宫》而言，写作的幻想式使用的代码是小说，但不满足于一般的小说代码的黄孝阳在这部作品中植入了太多"幻想式的变体"，也即他重新编码了小说，使之不再属于原有的代码：幻想式的层次"完全改变了我们使用'小说'这个词的方式（'方法'）"。

此时，"今日是否有可能（历史地、文学地）写一部小说"这样的问题，已经没有意义，作为哲学家的罗兰·巴特

和作为小说家、职业出版人的黄孝阳都很清楚："小说要被卖
出去是有一定困难的"，尽管有很多人仍旧再假装阅读小说、
需要小说。不过，这并不等于小说写作是没有意义的，在小说
写作的"幻想式"构想之中，写作意志依赖的不是小说的历
史，或者小说的文体内涵，而是依赖于幻想的力量，一种不断
寻求新生的欲望。所以，罗兰·巴特不需要真的去写一部小
说，他只是从科学和技术的层面上研究小说如何制作、如何再
次制作，"从制作准备到了解本质"："幻想式的出发点不
是小说（作为一般样式），而是千百部小说中的一两部"。马
尔蒂认为，罗兰·巴特在"小说的准备"中"创造了一种概
念小说，一种小说的模拟，一种模拟的形式，犹如在造型艺术
中，一个概念艺术家创造的不是一个作品，而是一个作品的概
念"①。黄孝阳不同于罗兰·巴特的是，他不满足于幻想，他
要把概念变为现实，而且那"千百部小说中的一两部"不仅仅
是罗兰·巴特所提及的《追忆似水年华》、《战争与和平》，
还要包括"黄孝阳的小说"。简而言之，《众生·迷宫》（也
包括近些年他的大部分作品）是黄孝阳"某种重要的最终诉求
手段"，为了把自己从日常生活的病态、疲倦中解救出来，他
以极端的小说幻想把自己代入德勒兹所说的"谵妄"状态，以
期在文学中达到一种"健康"："文学的最终目标，就是在谵
妄中引出对健康的创建或民族的创造，也就是说，一种生命的

①　[法]埃里克·马尔蒂：《罗兰巴特：写作的职业》（中文版序），
胡洪庆译，上海人民出版社 2011 年版，第 7 页。

可能性。"① 然而，倘若"谵妄"并不能引出"健康"，那它就只能是另一种写作和生理的"疾病"。然而，文学的命运，就这样在谵妄的两极之间上演，远离了疯狂，远离了疾病，也就远离了上升，远离了"快乐"。这是幻想式写作的悖论，也是黄孝阳与《众生·迷宫》的悖论。罗兰·巴特在晚年享受着这种悖论，他也许在如下的结论上与布朗肖实现了共识：文学的本质目的是让人失望。不幸的是，黄孝阳并不满足于悖论，他的写作意志迫使和引诱他去挑战这种悖论，逃离支配性的体系，"建立一个自称纯净的、占统治地位的民族"，比如所谓"当代小说"。罗兰·巴特轻松而洒脱地认为："小说是一种非傲慢的话语，它不使我手足无措；它是一种不会给我带来压力的话语；而且，它是使我想要达到不给他人带来压力的话语实践……"，而《众生·迷宫》相反，它给黄孝阳和读者带来了太多的"压力"，呈现出从来未有过的、罕见的"傲慢"。

然而，"你的傲慢的大厦不得不被拆除。这是一个无比艰难的工作。"②

三

生活中的黄孝阳是极其谦卑的，谦卑到让人疑惑，让那些

---

① [法]德勒兹：《批评与临床》，刘云虹、曹丹红译，南京大学出版社 2012 年版，第 10 页。
② [奥]路德维希·维特根斯坦：《维特根斯坦笔记》，冯·赖特、海基·尼曼编，许志强译，复旦大学出版社 2008 年版，第 46 页。

熟悉作为小说家的黄孝阳的人，隐隐地觉察到这种过度职业化、程式化的谦卑背后，似乎藏匿着冷冷的孤傲和拒斥。写小说、谈论小说时的黄孝阳完全是另一种形象，有着理想主义、英雄主义的狂热和非理性，经常是自信而"傲慢"的，充满了指引、宣示、断言的热情和决绝，这种巨大的反差、裂痕有时难免让人"错愕"。

存在于他者的"错愕"里，这也许是黄孝阳的小说理想，也是小说的极限书写、幻想式书写的命定的境遇。由《众生·迷宫》推延出去，涵盖黄孝阳近些年所有的小说言论和重要创作，他所努力面对的都不是一般性的小说问题，而是本质、本源和新生的可能性的问题。然而，这除了让他更加"不幸"之外，似乎没有什么更好的结果。

"那个为了作品，为了本源，而回应至尊之要求的人，又发生了什么？'一个可怜的、虚弱的存在'，任凭一种'不可思议的折磨'所支配。"[1]

《众生·迷宫》再次抵达黄孝阳写作理想的极致，开阔、宏大，却又难免陷溺于一种宗教式的、神学式的混乱。当年，莫言在评价黄孝阳的《人间世》时，所使用的"包罗万象"一词同样非常适合《众生·迷宫》，然而"包罗万象"却是小说的"结束"。螺蛳壳里做道场，黄孝阳太渴望接近他的幻想：

----

[1]　[法]罗歇·拉波特：《今日的布朗肖》，白轻译，参加微信公众号"泼先生 PULSASIR"，2017 年 8 月 12 日。

伟大的小说，或者小说的概念化。但这不是一个能够实现这一幻想的时代，小说或者书写，已经"缺席"，已经变成一种"题外话"——无论它残存和嫁接了多少历史的遗痕、卑微的希望。由于艺术，包括小说已经不能作为任何本质性、本源性思考的起点，这就导致那些过度幻想小说写作的可能性的研究、谈论，变得缺乏必要的逻辑性和严肃性，甚至比重复性的小说写作更符合"陈词滥调"的断言。

詹姆斯·伍德认为："小说在疑虑的阴影下移动，知道自己是个真实的谎言，知道自己随时可能不奏效。对小说的信仰，总是一种'近似'的信仰。我们的信仰是隐喻式的，只是形似真实的信仰。"[①] 或者说，小说不能被当作真实的信仰来对待，这与理查德·罗蒂对小说的认识是一致的，小说区别与宗教、哲学等信仰体系的恰恰是其对"自我中心"的避免。"自我中心"是一种意愿，"认为自己已经具备了沉思所需的全部知识，完全能够了解一个被沉思的行动所带来的后果"，"认为自己已具备了所有的信息，因此最能够作出正确的选择。"[②]《众生·迷宫》将这种"自我中心"推向了极致，黄孝阳"谵妄"的写作意志把小说推向了"真正"的信仰："有些时候，我会有一种幻觉，觉得自己看到了上帝"[③]，他始终认为："好的小说家不仅要窥尽'此处'种种足迹与嘈杂，更要懂得

---

① [英]詹姆斯·伍德：《最接近生活的事物》，蒋怡译，河南大学出版社 2017 年版，第 11 页。

② [美]理查德·罗蒂：《哲学、文学和政治》，黄宗英等译，上海译文出版社 2009 年版，第 80 页。

③ 《众生·迷宫》（后记），《钟山》长篇小说专号 2017 年 A 卷。

虚构之力，把火焰投向'彼岸'——绝对精神、梵、上帝、涅槃等。"① 然而，这种再信仰化的赋魅除了损伤小说，并不会带来黄孝阳所期待的信仰力量的降临，相反，只是更加凸显出"无信仰"的主体的困境："无信仰的个体，为了赋予自己的行为和生活方式以意义，将会发现自己被困在自我专注的强迫症、沮丧与焦虑之中——精神病（psychopathology）成为疾病的现代形式。事实上，'精神—病'（psycho-pathology）这一术语在古希腊语中的含义是灵魂的受难，而在现代用法中，以人格（personality）——实质上是自我（ego），取代了灵魂。"②

　　孤独对人的塑造和损伤，艺术对人的解放和囚禁，小说的在场与"缺席"，这就是黄孝阳的"自我关注"或自我对灵魂的取代，在《众生·迷宫》这部小说中形成的悖论。这座傲慢的大厦最后还是坍塌了，但《众生·迷宫》及黄孝阳所有关于小说极限的言论和书写，在这里的"坍塌"都不是毁灭，而是被引向了布朗肖所谓的"灾异"："灾异才是法则，是最高法则抑或极限法则，是无法被编码的法则多出的部分：我们未被告知的命运到底是什么？灾异不会看我们，它是没有视觉的无限，它无法像失败那样或纯粹简单的损失那般被度量。"③ 所

────────────

① 黄孝阳：《一团烟云或无用的激情》，《青年作家》2009 年第 12 期。

② [英] 齐格蒙特·鲍曼：《寻找政治》，洪涛等译，上海世纪出版集团 2006 年版，第 32 页。

③ [法] 莫里斯·布朗肖：《灾异的书写》，魏舒译，南京大学出版社 2016 年版，第 3 页。

以对黄孝阳如下的劝诫是合理而无效的：

你不能这样写小说，你的写作意志已经摧毁了小说本身，你需要回到小说的"生活性"、小说的肉身……

"知其不可而为之"，这就是黄孝阳的宿命，在内心深处他何尝不知道他的写作不过是"一团烟云或无用的激情"，但他还是要从"天空中的方位基点"出发，去冲击小说书写的极限。就如同托马斯·曼的描述，这些小说家坚持探寻小说表达方式的"新的可能性"，只要有需要，就会努力给予小说"最丰富最深刻的表述"，他们"非常严肃，严肃得令人落泪"，可是他们探寻的结果是什么呢？"结果就是，根本就不是。"

关于这一悖论，布朗肖的描述最为生动、最为准确，或者对于黄孝阳《众生·迷宫》之后的写作也更有启发性：

"我们这个时代的任务之一，要让作家事前就有一种羞耻感，要他良心不安，要他什么都还没做就感觉自己错。一旦他动手要写，就听到一个声音在那高兴地喊：'好了，现在，你丢了。'——'那我要停下来？'——'不，停下来，你就丢了'。"①

以上就是我的关于黄孝阳的《众生·迷宫》的题外话——仅仅是"题外话"而已。

① [法]莫里斯·布朗肖：《未来之书》，赵苓岑译，南京大学出版社2015年版，第43页。

里下河派小说的意义

杨学民

一

里下河文学流派的突起，改写了江苏当代文学地理版图，甚至可以说改变了中国当代文学的文学地理。里下河文学流派与南京作家群、苏州作家群以及徐州作家群，群峰并置，各具特色。他们操着北方方言、江淮方言或吴侬软语诉说着乡土故地的历史风云、当下生存状态和未来梦想，表达着自己的沉思、忧虑、乡愁和希望。徐州作家群汉风烈烈，大气豪壮；南京作家群不离六朝风韵，忧思绵绵；苏州作家群深得雨巷神韵，诗意细腻委婉；里下河文学流派地处吴头汉尾，融南汇北，叙日常生活而不失典雅，水气濛濛，诗意灵动，透着悲天悯人的忧伤。以汪曾祺为旗帜的里下河文学流派的聚集、壮大，提升了江苏文学的艺术水准，扩大了江苏文学的影响。进一步将其放置到同时期的中国当代文学地理版图上看，它与中原作家群、陕西作家群、文学鲁军等相比较，依然有其不可替代的价值。在厚重、深沉、壮美文学的一侧，竖起一面温雅、日常、优美的旗帜。他们各得江山之助，文化之润，中原、北方、西北的文学以儒家文化为底色，里下河文学以及江南文学则以老庄为根底。虽然同时都经历了欧风美雨的洗礼，但地域文化传统作为厚重的底盘影响了他们的文学选择，从而显示出不同的风格。而从时间维度上看，里下河派的小说创作既有对京派小说、以鲁迅为代表的乡土小说等文学传统的继承和发展，也有缘于泰州学派、民间文化以及现实主义、现代主义和后现代主义文化思潮的创新和局限。

二

从某种意义上说，中国现代小说史是宏大叙事与日常生活叙事两种叙事类型相辅相成发展演变的历史。前者关心侧重于书写公共生活，反应时代历史主潮，聚焦于政治斗争、民族启蒙、民族斗争、阶级斗争等宏大主题，社会功利性较强。鲁迅的启蒙小说、社会剖析派小说、七月派小说、左翼小说等可视为代表。后者则侧重于反映以个体再生产为基础的生老病死、婚丧嫁娶等世俗生活，远离政治中心，表现为审美的无功利性。京派小说、张爱玲的小说等可以作为日常生活小说的典范。新中国建立以后的"十七年文学"、"文革文学"以及新时期的伤痕文学、反思文学和改革文学，整体来看都属于宏大叙事，把主流的、集体性的政治意识作为叙事展开的中心，日常生活成为了其中的"调味品"。但进入新时期以后，日常生活书写并没有灭迹。"文化寻根"小说把小说主题由政治转向了文化，题材走向了百姓日常生活。马原、格非等人的先锋小说逃避政治意识形态，走向了形式试验，现实生活遁迹了，也失去了读者的呼应，注定是昙花一现。上世纪的 80 年代末至90 年代初，随着中国市场经济改革的深入，社会民主氛围日渐宽松，物质生活和商品经济意识形态在百姓心目当中占有了突出位置，百姓的日常生活获得了独立性。同时日常生活话语成为了主流话语之外不可忽视的力量。文坛相应地兴起了"新写实小说"潮流。新写实小说以零度情感复写原汁原味的日常生活，消解崇高和永恒，追求生活流式的叙事结构，人物典型演变成了类型人物，人物社会身份也由英雄变成了各行各业的普通百姓。

里下河派小说如涓涓细流，从上世纪 80 年代一直流淌至今，不同于宏大叙事，也区别于先锋派小说、新写实小说，虽然它与新写实小说都归属于日常生活叙事。与宏大叙事相比，里下河派小说关注的是民间而非庙堂，即使在作品之中关涉重大政治题材、主题，它也将其置放到日常生活时空中来展开、以民间立场、态度来理解、评价和进行艺术处理。日常生活成为了社会历史的本体和小说的生活基础。毕飞宇认为，"作家要塑造人，第一件事是理解人，从哪里理解？从日常生活这个层面上理解……你不在日常上下功夫，所谓的塑造人物就往往会成为一句空话。同样，如果这个日常不通过人物的动态体现出来，我们所说的日常就很难散发出它的魅力。"刘仁前的《香河》、毕飞宇的《平原》和刘春龙的《垛上》都写到了"文化大革命"这一残酷、荒诞的政治运动，但却没有像伤痕小说、反思小说那样，正面书写所谓的正面人物与反面人物之间的矛盾和斗争，没有描写红旗招展、轰轰烈烈的文攻武斗场面，而把笔墨用在了"文革"意识形态对日常生活诸多层面的影响上了。像毕飞宇的《平原》就重点关注了阶级斗争思维、权力思维对王家庄百姓的日常社会伦理、生活心理的渗透。在王家庄，权力思维不仅是当权者王连方、吴曼玲的思维方式，也同样是支配普通百姓的文化心理和行为的思维方式。权力欲望让支书吴蔓玲由女人异化为男人，让端方在攫取权力的过程中走向了异化。在小说《玉米》中会更加清晰地看到权力思维对日常生活、私人生活甚至对性权力的掌控。

另外与新时期的伤痕小说、反思小说和改革小说相比，里下河派小说的主要人物形象由时代弄潮儿、时代英雄等变成了普通百姓，但人性的复杂却得到了更深刻的揭示。小说不再从政治意识形态的单一视角塑造人物，而择取了从社会文化审美视角塑造人物，人性成为了小说的核心。小说主题也更加开放，爱情婚姻、生命成长、风俗人情、乡村权力、性别权力和乡土文化与都市文化的冲突等都进入了作家的视域。

而进一步与新写实小说相比，里下河派小说最突出了特点就是"主体性"的回归和自觉。里下河派小说同样具有现实主义精神，但放弃了"零度情感"，转而追求有滋有味地、有节制地叙事，寻求表现生活的诗意美，表现出对自由人性的热切赞美。里下河派小说与新写实小说一样，都与传统现实主义小说拉开了距离，不再追求生活的传奇，不再刻意书写戏剧性矛盾冲突，而是自然地、本色地展现生活流，但里下河派小说没有放弃对"生活"的选择。在追求自然地展现乡土时空体时，始终保持着对天空的仰望、对意义的捕捉，对悲天悯人境界的由衷赞美，超越原汁原味的现实生活的维度一直存在于小说的字里行间，表现出古典主义倾向。里下河派小说不只是回归到了日常生活领域，解放了作家把握生活的视角，而且进一步追求日常生活的审美化，审美地书写日常生活，这是对宏大叙事、新写实小说的反拨，也是对以京派小说为代表的日常生活叙事传统的继承和发展。

里下河派的汪曾祺、毕飞宇、曹文轩等出入于现代派文学，对先锋派小说的精神和技巧了解都比较渗透，特别是对于汪曾祺、毕飞宇来说，他们小说创作的起点就是现代派，但他们后期都疏远了现代派小说，虽然其创新精神、现代派技巧等还能够在后期创作中留有痕迹。里下河派小说重视形式试验和形式美感，具有唯美主义倾向，像汪曾祺还倡导"写小说就是写语言"[1] 这种语言本体论，但从他们的小说创作我们还是能够看清里下河派小说与先锋派小说的区别：里下河派小说是接地气的，小说叙事尊重生活的肌理，追求内容与形式的统一；先锋派小说是高蹈于现实生活之上的，小说叙事尊重的是形式

---

[1] 汪曾祺：《汪曾祺全集》（4），北京师范大学出版社 1998 年版，第217 页。

美原则，只重形式而遗落内容的。由此来看，里下河派小说一直处在新时期小说主潮的边缘，扮演的是纠偏者的角色，甚至是批判者的角色。

在审美地表达日常生活时，里下河派小说把笔锋深入到了生活的褶皱里，点化细节，引发诗意。他们把里下河地域风景、民俗风情和方言口语等地域文化因素作为了日常生活的主要内容。仅仅就民俗来说，民俗是民族历史生活的"活化石"，它集地域的、心理的、历史的、民族的等多种文化因素于一体，具有丰富的文化内涵。书写里下河日常生活的小说不只凸显了里下河派小说的地方色彩，也强化了小说的民族风格。

三

中国现代小说在发展过程中，一方面持续着对小说未来的期盼，追求现代化、先锋性，另一方面又时刻留恋着古典美，一步三回头，抒发着挽歌的忧伤。里下河派小说在整体上都具有古典美倾向。透露着节制、中庸、和谐、秩序、恰当、含蓄的古典美学追求，让情感与理性、过去与现在、主观与客观、内容与形式以及写实与浪漫走向和解与圆融，深受"天人合一"哲学观念的影响观念。曹文轩认为，"文学的古典与现代，仅仅是两种形态，实在无所谓先进与落后，无所谓深刻与浅薄。""当这个世界日甚一日地跌入所谓'现代'时，它反而会更加看重与迷恋能给这个世界带来情感的慰藉，能在喧哗与骚动中创造一番宁静与肃穆的'古典'。"①曹文轩的看法实际上提示我们应当从两个方面看待里下河派小说追求古典美的意义。一是社会文化的视角，一是文学史的视角。

从社会文化的视角来看，作为后发展现代国家，中国一百多年来一直在受西方现代文化思想的影响，艰难曲折地走在现代化的道路上，发起了一波又一波学习西方、追赶西方浪潮，现代性在中国的政治、经济、社会、文化等领域由无到有，不断强化。"现代性"与思想启蒙、工业化、都市化、科层制等相关，同科学、经济的"现代化"基本同步，与之相伴随的一方面是主体性的觉醒，是自由、民主、社会进步、理性主义、人道主义等思想意识形态兴起和发展，另一方面则是现代化如影随形的弊端：生态环境的恶化、工具理性的统治、唯科学主义昌兴、金钱拜物教流行、人的异化、享乐主义、欲望横流、非理性主义、非此即彼的二元对立思维方式，极端个人主义，斗争哲学等等，现代性社会文化走向偏执发展。在"现代性"流弊日益猖獗之时，以"天人合一"为哲学基础的古典倾向，奉行节制、中庸、和谐、秩序、恰当、含蓄的社会文化价值取向，对于现代化具有纠偏作用，是社会文化健康、和谐发展的一股制衡力量，不可或缺。

从文学史的视角看，现代性主体的觉醒，工具理性盛行，也同时是对非理性的压抑。生命哲学、弗洛伊德非理性心理学和西方现代派文艺的兴起都是对历史现代性，对工具理性的质

---

① 曹文轩：《永远的古典（〈红瓦〉代后记）》，《红瓦》，作家出版社 2003 年版，第 587 页。

疑和批判。以王蒙为代表的意识流小说、以刘索拉、残雪等为代表的现代派小说和以余华、格非、莫言、马原等为代表的实验（先锋派）小说等都是以西方现代主义或后现代主义文学为模仿对象，在上世纪七八十年代聚成了一股股浪潮。曹文轩对现代派小说潮流有如此的评价："现代之文学艺术，新生了很多特质，但同时也丢失了很多特质，比如意境，诗性等。在现实生活和现代哲学思潮的双重作用下，现代文学艺术将更多的心思用在了对深刻思想的追求上。文学艺术从来未像今天的文学艺术这样酷爱思想。现代哲学的发达并由此带来的思想观念的众声喧哗，使文学艺术陷入一个庞杂无序的思想大网之中不可自拔。追求思想的新颖，甚至追求思想的乖戾，已成为时尚与习惯。在经过相当长的时间之后，一些现代的文学艺术家们在冥冥之中达成一个共识——这一共识并未被一语道破，更未被加以论证，这就是：思想的深刻只能寄希望于对丑的审视上，而不能寄希望于对美的审视上。美是虚弱的，苍白而脆弱的，甚至是矫情的，美的浅薄决定了它不可能蕴藏什么深刻的思想，就更说不上蕴藏什么惊世骇俗的思想了。而丑却是沉重的，无底的。可被无穷解读的，那些非同寻常的思想恰恰藏匿于其背后。思想的挖掘就是在丑之上的挖掘。丑成了思想的矿脉。丑的物象，比如溃烂的脓疮。比如苍蝇，比如浓痰，丑的人性，比如窥阴癖，比如自虐狂，比如乱伦，这一切，纷纷涌入文学艺术家的视野。现代文学艺术与荒诞，怪僻，邪恶，阴鸷，猥琐等联系在了一起。这虽然并非是现代文学艺术的全部，却是现代文学艺术的主流——至少是它留给人们的主要印象"① 显然曹文轩对中国新时期现代主义文学的理解是不全面的，现代主义小说在"虚无"的幌子下，仍然有着对美的渴望，和对现实的超越动机。倒是实验小说在后现代思维的导引下，解构着一切。"对 80 年代现代性启蒙及叙事及'现代派'小说现代主义的精神意识和审美追求进行解构，启蒙主义小说最为基本的价值目标诸如理性、主体、人道、自我、人性、超越、解放、历史、进步、伦理、真实、审美、价值、意义等现代性诉求均被作为'宏伟叙事'而遭拆解。在'实验小说'这里，作者已经不再希图通过在文本之中注入自己的价值评判与精神情感以建立其主体性"②。穿行在中国现代小说潮流中的里下河派小说是小说史的另一个维度，另一种路径。与现代派小说相比，它不是以非理性反抗现代性霸权，而是以古典主义对抗现代性，如汪曾祺所言，"我所追求的不是深刻，而是和谐。"③ "我写的是美，是健康的人性。"④ 与实验小说相比较，里下河派小说依然有自己的价值判断和主体性，是追求意义的，有深度模式的文学。它重视文学形式实验，但追求内容与形式的统一，它与宏大叙事歧路，在日常生活中发现诗意，其价值哲学的核心是人道主义。文学的责任"在于为人类构筑

---

① 曹文轩：《与王同行之〈风景〉》，光明日报出版社 2004 年版，第121 页。

② 丁帆，何言宏：《论二十年来小说潮流的演进》，《文学评论》1998年第 5 期。

③ 汪曾祺：《汪曾祺自选集·自序》，漓江出版社，1987 年版，第 2页。

④ 汪曾祺：《汪曾祺全集》（6），北京师范大学出版社 1998 年版，第339 页。

良好的人性基础"①。

四

除了日常生活的审美化、追求古典的倾向之外，里下河派小说特别值得提及的还有文体创新。里下河派小说作家都具有自觉的小说文体意识，像汪曾祺就自称"是一个文体家。"②文体是由话语秩序形成的文本式样。各种文学体裁的话语秩序是不一样的，其内在意味也各有千秋。里下河派小说文体的创新是以文学体裁的融合为基础的，传统小说、诗歌、散文和戏剧之间的篱笆被拔除了，或者说他们的小说融入了诗歌等文学体裁的元素，促成了小说文体的革新。汪曾祺、曹文轩、毕飞宇、罗望子、鲁敏等作家的小说都汲取了散文和诗歌的要素，小说明显地表现出了散文化、诗化特色，具体表现为人物意象化、结构空间化、语言诗化、意象叙事，善于创造诗意隽永的小说意境。汪曾祺的《大淖记事》、曹文轩的《草房子》、毕飞宇的《哺乳期的女人》、鲁敏的《纸醉》等都是文体创新的代表作，悠然自如，情节淡化，诗意悠远。

小说结构空间化不是说小说就没有了时间线索，像《大淖记事》依然存在时间线索，但时间中的故事前后逻辑因果关系并不是结构小说的主导线索，情调、情感是主导。进一步来

---

① 曹文轩：《文学：为人类构筑良好的人性基础》，《文艺争鸣》，2006 年第 3 期。

② 汪曾祺：《汪曾祺自述》，大象出版社 2002 年版，第 241 页。

说，其小说时间也多不采用现代物理时间的西历纪年体系，而是中国的农历，春节、端午、仲秋等节日在小说中成为了重要时间节点。这也是里下河派小说民族特色的重要成因之一。中国传统节日不只是一个时间节点，它还意味着一种文化风俗，在叙述节日时往往随手带出来相关风土人情，节日本身就变成了空间化描述。前面有专门论述里下河小说民俗的章节，从中我们也可以看到，风俗民俗的掺入自然就稀释了故事的逻辑因果关系，传统的情节小说变成了散文化的文化小说。

说到里下河派小说的诗意悠远，不得不说其小说意境的创造。小说意境是小说诗意的聚集地和生发器。一般人在阐释小说意境特征时，都是关注小说的情感与形象统一、思想的感性显现、情景交融等特征，这些特征在里下河小说中都有体现，但仔细辨析会发现，这都是就小说内容而言的，或者说是小说内容意境的特征。里下河派作家不仅创造了意味隽永的内容意境，还重视文体创新，追求形式美感、形式意味，特别是像汪曾祺、曹文轩、毕飞宇、鲁敏等寓外里作家，他们讲究意境的层次和境界，追求唯美的、无功利的、有意味的形式，创造了"小说形式意境"。能够创造有机统一的双重意境是小说创作的更高境界。在这方面，汪曾祺更有代表性。他早年受英国意识流小说家伍尔夫的影响，并通过她体会到了贝尔的形式主义美学之"有意味的形式"奥秘，再加上汪曾祺擅长中国书画，在书法、国画中感悟到了"意味"以及"意味"创造的玄机。

著名美学家邓以蛰在《书法之欣赏》一文中说：

书无形自不能成字，无意则不能成书法，字如纯为言语之符号，其目的止于实用，固粗具形式即可；若云书法，则必于形式之外尚具有美之成分然后可。如篆隶既曰形式美之书体，则于其形式之外已有美之成分，此美盖即所谓意境矣。[①]

现代书法美学家张荫麟说得更明白：

书艺虽用有意义之符号为工具，而其美仅存于符号之形式，与符号之意义无关。构成书艺之美者，乃笔墨光泽位置，无须诉于任何意义。[②]

克莱夫·贝尔也认为：

在各个不同的作品中，线条、色彩以某种特殊方式组成某种形式或形式间的关系，激起我们的审美感情。这种线、色的关系和组合，这些审美地感人的形式，我称之为有意味的形式。[③]

由此来看，克莱夫·贝尔的"有意味的形式"与"小说形式意境"和书法意境是相通的。小说自然与书画不同，但

① 邓以蛰：《邓以蛰全集》，安徽教育出版社1998年版，第167页。
② 素痴（张荫麟）：《中国书艺批评学序言》，《大公报·文学副刊》，1931年4月20日，第171期。
③ [英]克莱夫·贝尔：《艺术》，周金环，马钟元译，中国文联出版公司1984年版，第4页。

作家却可以通过借鉴其他艺术的长处，来经营形式意境。伍尔夫"移植了'块面''图式''空白'等视觉艺术中的形式要素，出色地表达了丰富的社会文化'意味'，有效地实现了'有意味的形式'在文学领域内的平移。"①而汪曾祺等里下河派小说家在小说中创造形式意境时还有别于伍尔夫，更具民族特色。汪曾祺认为，"写小说就是写语言"②，把语言作为了小说的本体。而现代汉语小说语言是以汉字为书写符号的书面语，汉字不只是记录汉语的符号，而又是相对独立的符号系统，其音形义三位一体，字形与字义紧密关联，即所谓望字见义。汉字的特点为汉语美感和小说形式意境的创造准备了先天优势，汉字本身就是一种诗意文字。汉字的音形义，汉语的字、句、段成为了小说形式意境创造的形式要素。

如前文所述，汪曾祺小说语言重视汉字的字音、字义和字形修辞，音形义相互渗透，互相融汇，文气贯通，促进小说意境走向了空灵。在《受戒》中"房檐下一边种着一棵石榴树，一边种着一棵栀子花，都齐房檐高了。夏天开了花，一红一白，好看得很"这句话里，如果仅从语义来论，"树"和"花"两个字完全可以省略，而不伤语义表达，但剩下"石榴"和"栀子"两个词后，语言的音调之美则大受损伤。"榴"字为平声，"子"字亦为平声，且韵母为 i，不和对仗之韵味。而

---

① 杨莉馨：《伍尔夫小说作为"有意味的形式"》，《解放军外国语学院学报》2015 年第 1 期。

② 汪曾祺：《汪曾祺全集》（4），北京师范大学出版社 1998 年版，第 217 页。

称上"树"（仄）"花（平）"，使前后两句对仗更加工整，声调更加和谐，且"花"字以 ua 为韵母，读起来更为响亮。句子的对仗、平衡、回环，音调的响亮、节奏的抑扬顿挫，无不透显着和谐、优美、快乐的意味。

在小说形式的叙事结构层面上，里下河派小说呈现出空间化倾向，故事与故事、人物与人物、语段与语段之间关系疏朗，留有大量"空白"，结构要素形成了小说中的自由板块。一旦摆脱了单一因果逻辑以后，板块之间自由组合的机会就增大了，小说意义平添了多种可能性。这类似于古典诗句"鸡声茅店月，人迹板桥霜"的结构方式和意义生成机制。小说语言、结构的"空白"是言外之意的滋生地，其中有道，道生于无。小说叙事结构的空间化、板块化，并不意味着他们之间无联系。里下河派小说更强调以情调挽系板块，若有若无的情调如同里下河的一股涓流，自由自在地流淌着，风流摇荡。这种叙事结构本身与小说的内容相统一。小说形式意境与内容意境，都抵达了自由自在的境界。小说的形式是为情感塑形，小说形式意境是一种更为纯粹的生命式样和境界。

五

最后要指出的是里下河派小说在叙事艺术层面的贡献。里下河派小说具有明显的自叙传特点，总是渗透着作家的生平经历和经验。小说《受戒》写的是汪曾祺"四十三年前一个梦"，《苏北少年"堂吉诃德"》《元红》《第十一年》几乎是作家毕飞宇、顾坚、鲁敏的文学自传。小说多采用回忆视角是里下河派小说的叙事艺术特色之一。汪曾祺直言，"我写的是回忆。"① 曹文轩进一步阐释道，"我并未一味沉湎于我的童年记忆。一个作家，其实是很难原封不动地动用童年的生活的。他的文字也不应当到童年止。我是现在时间中的人，我只能带着现在时间所给予的色彩去回溯已经过去的时间。那个'过去'的矿藏，如无'现在'的点化，是无意义的无价值的，甚至是不能够被发现的。后来的经验，后来的知识，将浸润'过去'、照亮'过去'，这番浸润与照亮，才使'过去'得以转化为有用之材。事实上，我在动用'过去'时，用的是现在的价值观与审美观。我是在为现在写小说，这一点是毫无疑问的。小说不是回忆录。一味怀旧，是一种没有是非，没有立场的表现。我曾作过一个表述：'经验'与'经历'是两个不同的概念，一个人是靠经验写作，而不是靠经历写作。童年只是作为经验而活在我的小说之中的。"② 曹氏的阐释，说明白了现在与过去的对话关系。在对话中，作者既入乎其内，又超越其外，获得了审美距离和对"过去"的去蔽，回忆和建构并举，沉思与发现同生。正如海德格尔所言，"回忆就是告别尘嚣，回到敞开的广阔之域。"③

---

① 汪曾祺：《汪曾祺文集·文论卷》，江苏文艺出版社1993年版，第67页。

② 曹文轩，徐妍：《一位古典风格的现代主义者》，《中国儿童文化》2004年00期。

③ 海德格尔：《林中路》，转自王一川：《意义的瞬间生成》，山东文艺出版社1988年版，第130页。

在以回忆的视角叙事时，作家并没有完全站在现在，以成年人的眼光和语调贯通始终，而出现了双重视角的交错运用。当叙述童年时，叙事视角会转向当年的儿童经验视角，完全以童年的眼光看待当时的一切。像汪曾祺的小说《受戒》就时常在成人视角中，返回到童年视角。如："过了一个湖。好大一个湖！穿过一个县城。县城真热闹：官盐店，税务局，肉铺里挂着成边的猪，一个驴子在磨芝麻，满街都是小磨香油的香味，布店，卖茉莉粉、梳头油的什么斋，卖绒花的，卖丝线的，打把式卖膏药的，吹糖人的，耍蛇的，……他什么都想看看。"即使叙事者不提醒"他（小明子）什么都想看看"，只看这段话语所展示的对象以及语言风格，也可断定话语出自一个孩子的视角。如果把"过了一个湖。好大一个湖！"中的"好大"换成"浩大""无边无际"之类的词语，就不是儿童明海的眼光了。曹文轩的小说一般会划到儿童文学范畴里，但却是成年人曹文轩的作品，是他对童年记忆的书写，整体的儿童视角中却又往往出现成年人视角，站在成年人立场上对童年故事进行评头论足。这些地方也是其作品常常遭人质疑之处。

在里下河派小说叙事艺术的创新中，值得推崇的是毕飞宇创造的"第二"人称。在小说《玉米·后记》中，他说，"我坚持认为这本书采用的是'第二'人称。但是，这个'第二'人称却不是'第二人称'。简单地说，是'第一'与'第三'的平均值，换言之，是'我'与'他'的平均值。人称决定了叙述的语气，叙述的距离，叙述介入的程度，叙述隐含的判断，叙述所伴随的情感。"①徐岱在理论上对叙事人称的重叠进行过解释，他说："当'他'仅仅是'我'的代理者时，事实上失去了第三人称叙述的特点；反之，当'他'完全排斥'我'并与'我'分庭抗礼时，则又会产生'反主体性'，两者都会导致第三人称叙述的失败，因为艺术既要求独创性，也需要主体性。"②当主观与客观融合，距离感与亲切感、介入与超脱的张力平衡时，艺术才容易走向极致。这与前面论及的"双重视角"都属于叙事话语层面的对话性，让读者同时听到两种声音，两种价值评判。

《玉米》中有一个情节，支书王连方有了儿子小八子以后，又与军属秦红霞偷情，败露，秦回娘家躲避几日后，回来路上正好遇到玉米："秦红霞过来了，玉米抱着王红兵，站起来，换了一下手，主动迎了上去。玉米笑着，大声说：'红霞姨，回来啦！'所有的人都听到了。过去玉米一直喊秦红霞'红霞姐'，现在喊她'姨'，意味格外地深长了，有了难以启齿的暗示性。妇女们开始还不明白，但是，只看了一眼秦红霞的脸色，领略了玉米的促狭和老到。又是滴水不漏的。秦红霞对着玉米笑得十分别扭，相当地难看。一个不缺心眼的女人永远不会那样笑的。""秦红霞过来了……"是第三人称叙述，但随着叙述进行，叙事话语中出现了"意味格外地深长了，有了难以启齿的暗示性""领略了玉米的促狭和老到。又是滴水不漏的。""一个不缺心眼的女人永远不会那样笑的。"

---

① 毕飞宇：《玉米》，重庆大学出版社2011年版，第255页。
② 徐岱：《小说叙事学》，中国社会科学出版社1992年版，第321页。

貌似还是第三人称叙述，其中也的确没有人称转换标志，但这些主观性极强的评论性话语又非客观性极强的第三人称所擅长的。这实际上就是第一人称"我"作为隐含作者的价值立场和评价，但第一人称"我"是隐身的。因此，这些话语折射出的就是"第二"人称。在《玉米》《玉秀》《玉秧》以及《平原》中，这种"第二"人称叙述都不鲜见。"第二"人称叙事的叙事功能是双重的，既实现了客观呈现，又加深了小说叙事的思想深度和情感色彩。不露声色地自如切换叙事视角，显示出了叙事艺术的老道和创新。

里下河派小说创作成绩显著，社会文化意义和文学史价值都值得肯定，但局限也很明显。齐白石先生说过一句名言，"学我者生，似我者死"。意思是学习我的风格者有希望，模仿我者死路一条。里下河派推崇汪曾祺为旗手，学习、模仿汪氏者众，在里下河文坛出现了一系列所谓的"汪味"小说。这些作品或学习汪氏小说的民俗化，在作品中大量描绘里下河风俗，小说似乎成为了里下河风俗志。在追求小说民俗化时，由于没有摆正风俗画在小说中的位置，为风俗而风俗，缺少对风俗的审美处理，导致小说中的风俗画与人物塑造、故事叙述、意境创造等相关小说创作要素的脱节，喧宾夺主，小说整体美感缺失。风俗画应当是小说有机体的一部分，服务于人物、故事和意境，并非多多益善。

里下河派的有些作家倾慕汪曾祺小说的民间立场，但在以所谓的民间立场书写里下河乡土生活时，对善恶杂陈、藏污纳垢的乡土世界缺少道德评价和审美评价，过于关注人的食色欲望，甚至在自由的名义下放大了民间世界里的性自由，止于肉体，忽视了人的欲望的更高层次。汪曾祺的民间立场实际上与赵树理、新写实作家、一部分里下河派作家的民间立场是有区别的，其中站立着知识分子立场，一直存在着超越民间生活的维度，关注俗而不忘雅，雅俗兼备。

再者，里下河派小说在故意疏离宏大叙事时，偏重于审美地书写民间日常生活，这导致了里下河派小说的时空体规模偏于狭小。空间局限于里下河，时间偏于短时段。小桥流水，竹篱茅舍类意象居多，少高山大川，社会风云，难以生成壮美、悲壮、崇高的美感。这与地域文化和作家个人气质、艺术修养、艺术趣味等有关，难以苛责。

在文学流派的生成和发展过程中，继承与创新之间的张力始终存在，没有仿效、继承，流派就无"家族相似性"和凝聚力，没有创新，流派则无生机活力。处理好继承与创新的关系是里下河文学流派在现在和未来都是不可回避的问题。

节选自《汪曾祺及里下河派小说研究》，人民文学出版社 2018 年 6 月版。

第四届到第七届文学评论奖获奖名单

第四届"长江杯"文学评论奖获奖名单

（各奖次均以获奖作者姓氏笔画为序）

一等奖

何平《存在"美好的暴力"吗？》

黄发有《"长篇崇拜"与文体关系》

二等奖

孙曙《苍老的脐带：贾平凹的修辞与乡愁》

吴周文、林道立《从精神寻梦到直面苦难——由〈家人们〉看黄蓓佳的自我转型》

沈杏培《泄密的私想者——毕飞宇论》

张光芒《突入生活·开拓叙事·深掘人性——2013 年江苏

长篇小说综评》

张春红《"摆渡"人的"船艄梦"——现代性视域中的高晓声小说研究》

韩松刚《现实的"表情"——论范小青新世纪以来的小说写作》

三等奖

王玉琴《诗化小说的美学追求—陈明剧本与小说的跨界创作》

王佳琴《试论余一鸣小说中的女性书写》

李徽昭《退隐的乡土与迷茫的现代性——当代中国文学的乡土透视》

张永祎《在苍凉中透出的英锐之气》

张宗刚《近年江苏长篇小说观察（二题）》

张谦芬《乡村书写的新路向——论〈一句顶一万句〉的民族化表达》

陈法玉《长太息以掩涕兮，哀民生之多艰——读王佩飞长篇小说〈儒仁的图腾〉》

陆建华《汪曾祺对创建当代里下河文学流派的何时何地意义》

黄孝阳《王村的影子投向大地》

翟业军《怒与耻："顺从"世界的两种方式——论苏童〈黄雀记〉》

第五届"长江杯"

江苏文学评论奖获奖名单

一等奖

小海《韩东诗歌论》

方岩《"个人经验"和"小说新闻化"——以 2015 年的几部长篇小说为例》

二等奖

王晖《纪实文学的非虚构叙事及其主体诉求——以"故宫三部曲"为例》

叶炜《诗兴的学者和学者的诗兴》

申明秀《莫言创作思想刍议》

赵普光《斯文的回响：苏州叶氏家族文化评传》

钱旭初《中国当代文学资本化运作简论》

三等奖

章旭清、付少武《试论严歌苓小说创作的影像化理念》

朱红梅《南方之惑——苏州当代小说与地域文化研究综述》

周根红《影视化想象与小说的影像摹写》

郝敬波《中国新时期短篇小说论稿》

施军、缪晓庆《站在地狱　仰望天堂——余华长篇小说〈第七天〉论》

顾星环《诗艺抱负、经验沉潜与可能的危机——以砂丁、文西、胡正刚作品为例谈青年诗人的创作新向度》

黄玲《穿越浮乱的抵达——评韩东长篇小说〈欢乐而隐秘〉》

翟诚《根植土地，梦想发芽——浅析周清长篇小说〈大学梦〉》

翟业军、鲁辰琛《论严歌苓的极致美学及其限度》

第六届"长江杯"

江苏文学评论奖获奖名单

一等奖

沈杏培《"计划生育"的叙事向度与写作难度》

张光芒《追索道德之光——对张炜小说经典价值的一种解读》

二等奖

刘俊《从"单纯的怀旧"到"动能的怀旧"——论〈台北人〉和〈纽约客〉中的怀旧、都市与身份建构》

韩松刚《含混的"诗意":小说写作的一种美学倾向》

刘阳扬《主体性的"显"与"隐"——2014 至 2015 年长

篇小说的书写倾向》

周红莉《"非虚构"与在场主义散文叙述》

朱红梅《在哪里独自升起——关于叶弥》

三等奖

张晓林《淮安文学批评与研究》

李丹《中国当代文学的"征求意见本"现象——以人民文学出版社 20 世纪 70 年代的长篇小说为中心》

马季《网络时代的故事回归与文学想象》

周卫彬《心史纵横自一家》

张娟《〈甲骨时光〉：寻找"看不见的城市"》

王美春《别具一格诗评的魅力——王耀东先生诗评之我见》

陈法玉《恢复高考制度的文学表达——读周清长篇小说〈大学梦〉》

思不群《"傲慢"与"偏见"——论车前子散文》

第七届"长江杯"

江苏文学评论奖获奖名单

一等奖

杨学民《汪曾祺及里下河派小说研究》

何同彬《小说的极限、准备与灾异——关于〈众生·迷宫〉的题外话》

二等奖

吴周文张王飞《俗话体:当下散文的一种选择——以叶兆言为例》

黄玲《一代人的精神证词——评鲁敏长篇小说〈奔月〉》

邓全明《从建构性价值取向看新时期苏州小说创作》

房伟、明子奇《生存困境的审视与突围——叶弥小说新论》

张居祥《与兽为邻：一部人类与动物关系发展简史》

胡清华《"乌鸦"的在场方式——孙冬诗歌阅读印象》

三等奖

高兴《汪曾祺的江苏城市记忆研究之构想》

王才兴《江南炙烫——读黑陶散文集〈泥与焰：南方笔记〉》

张宗刚《多元共生的美学风貌——2017 年江苏散文创作综览》

臧晴《平衡的探索与经典的可能——论新世纪的苏童长篇小说创作》

余凡《艺术朝圣者之歌——评孙频〈松林夜宴图〉》

陈永光《撕得越碎，记得越牢》

易扬《重回新历史小说的维度——关于叶兆言长篇小说〈刻骨铭心〉》

李超（于舟）《小欢喜与大荒凉——读刘季诗集〈美声·青衣〉》